Strade blu

Francesco Costa

QUESTA È L'AMERICA

Storie per capire il presente degli Stati Uniti e il nostro futuro

MONDADORI

librimondadori.it

Questa è l'America
di Francesco Costa
Collezione Strade blu

ISBN 978-88-04-72246-5

I edizione gennaio 2020

Anno 2021 - Ristampa 9 10 11 12 13 14

Indice

Questa è l'America

A Silvia,
la mia fortuna

«Questa è la prima nazione nella storia del mondo
che è stata fondata con uno scopo.»

LYNDON B. JOHNSON, 15 marzo 1965

I

La piaga

Un anno e mezzo prima di morire nel bagno di un aeroporto, la ventiduenne Saige Earley era andata dal dentista per un'incombenza tanto banale quanto fastidiosa: l'estrazione dei denti del giudizio. Le avevano consigliato di toglierli uno per uno a distanza di qualche mese, ma l'assicurazione sanitaria avrebbe rimborsato un solo intervento: quindi via, tutti in una volta. Il medico l'aveva rassicurata, gli antidolorifici avrebbero fatto il loro lavoro, e gliene aveva prescritto uno tra i più forti e diffusi: un oppiaceo. Saige ne divenne presto dipendente. Concluso il ciclo di farmaci coperti dalla ricetta, trovò un conoscente disposto a vendergliene altri. Nel giro di poche settimane i suoi genitori cominciarono a notare incostanza, sbalzi d'umore, orari insoliti, abitudini nuove. La ricerca di qualcuno da cui comprare altri farmaci senza possedere una ricetta portò presto Saige a conoscere un uomo con una lunga storia di tossicodipendenza e un prodotto con lo stesso principio attivo degli antidolorifici, ma ben più efficace ed economico: l'eroina. Nei mesi penosi che seguirono andò più volte via da casa, per periodi sempre più lunghi, con crescenti sensi di colpa e promesse di rimettersi in sesto. Capito che da sola non ce l'avrebbe fatta, a un certo punto prenotò una degenza in un centro di riabilitazione in Florida. Non fece in tempo ad arrivare. Fu trovata morta in un bagno dell'aeroporto di Syracuse, nello Stato di New York, prima dei controlli di sicurezza: in una mano la siringa, nell'altra la carta d'imbarco.

Da molti anni negli Stati Uniti storie come questa sono diventate straordinariamente comuni: e non sono le storie di tossicodipendenza a cui il paese era abituato. C'è l'insegnante cinquantenne che non ha mai toccato nemmeno una sigaretta, ma inizia a prendere gli antidolorifici oppiacei durante una chemioterapia e ne diventa dipendente mentre guarisce dal cancro. C'è l'operaio che ha lavorato tutta la vita in fabbrica e comincia ad assumerli su indicazione del suo medico per curare un dolore cronico alla schiena. C'è il giovane giocatore di football a cui gli antidolorifici vengono prescritti dopo un brutto infortunio. C'è la rockstar nota per la sua vita monacale – Prince – che prende un antidolorifico per alleviare un dolore all'anca e muore per un'overdose accidentale. Il punto di partenza è sempre diverso, quello di arrivo quasi mai.

Le dimensioni di questa epidemia non hanno precedenti. Ogni città, ogni quartiere, ogni famiglia ha il suo catalogo di disperazione. La volta che in West Virginia, durante l'allenamento di una squadra giovanile di softball, due adulti – lontani qualche metro, genitori di due ragazzine diverse – sono crollati a terra nel giro di pochi minuti, entrambi per aver mandato giù una pillola di troppo. O quando, sempre in West Virginia, i medici sono intervenuti in una sola giornata per tre casi di overdose nella stessa famiglia: all'inizio per soccorrere il padre, poi la madre e infine il figlio. La volta che in Florida un'automobile con a bordo due persone intossicate ha attraversato una serie di binari così lentamente da restare bloccata tra i due passaggi a livello, finendo travolta da un treno e volando via come un giocattolo calciato da un bambino. O quando in New Hampshire un uomo è andato in overdose quattro volte in sei ore, ogni volta ripreso per i capelli dai medici chiamati dai genitori. In mezzo, centinaia di migliaia di morti in circostanze semplicemente squallide, anonime, nemmeno abbastanza macabre da avere dignità di aneddoto. Numeri.

Dal 1999 al 2018 quasi 800.000 persone negli Stati Uniti sono morte per overdose; la grandissima parte per overdose da oppiacei. Soltanto nel 2017 i morti sono stati 70.237, il doppio di dieci anni prima: circa centonovanta ogni giorno, otto per ogni ora, uno ogni sette minuti. Dieci volte il numero totale dei soldati caduti in Iraq e in Afghanistan dal 2001 a oggi, più di tutti i soldati morti in Vietnam, Iraq e Afghanistan messi insieme. Il tutto in un solo anno: come l'anno prima, come quello prima ancora e come quello dopo. *Let that sink in*, direbbero loro, prendetevi un momento per assorbire e pesare questa informazione. Il numero dei morti per overdose da oppiacei quell'anno negli Stati Uniti non ha superato soltanto il numero dei morti per armi da fuoco: ha superato il numero massimo mai registrato di morti per armi da fuoco in un solo anno (il 2017). Non ha superato soltanto il numero dei morti per HIV: ha superato il numero massimo mai registrato di morti per HIV in un solo anno (il 1995). Non ha superato soltanto il numero dei morti per incidenti stradali: ha superato il numero massimo mai registrato di morti in incidenti stradali in un solo anno (il 1972). Poi ci sono le decine di migliaia di persone che non sono morte, almeno non ancora, ma vivono le loro giornate come fantasmi di se stesse, con l'unica intensa e avvilente preoccupazione di procurarsi le pillole o l'eroina. Schiave di una dipendenza che ha alterato le loro priorità e i loro processi cognitivi, sconcertate da quello che sono diventate e pronte comunque a fare qualsiasi cosa, da prostituirsi a rubare. Intorno a ognuna di queste persone, vive e morte, ce ne sono milioni di altre – genitori, mariti, figli, mogli, nonni, zii, amici, nipoti, colleghi – la cui vita è deragliata a causa della tossicodipendenza dei loro cari.

Per molti anni la stampa americana ha raccontato solo le storie più orrende, senza grande visibilità e senza indagare sul quadro più grande. Un po' perché la devastazione è stata maggiore nelle zone meno coperte dai radar, in provincia e nelle comunità rurali, lontano dalle grandi città in cui – attraverso i film, le televisioni, i libri e i giornali – si costruisce l'informazione e l'immaginario della popolazione. Un po' perché, prese singolarmente, queste vicende non sono abbastanza forti da ottenere spazi, attenzioni, titoli. Sono – sembrano – soltanto storie penose di tracolli individuali; storie in cui manca un cattivo facilmente identificabile, qualcuno da odiare o temere come nei casi di terrorismo o di criminalità comune. Sono – sembrano – storie che non forniscono alcun bersaglio politico che le classi dirigenti siano interessate a colpire. Il percorso di ogni tossicodipendente è costellato di errori e bivi in cui i sani pensano di sapere benissimo cosa bisogna fare, ed è così umiliante e patetico che non produce vittime con cui sia facile immedesimarsi, come nelle sparatorie nelle scuole o negli incidenti stradali. La sensazione che tutto si debba principalmente a decisioni personali discutibili annienta l'interesse e l'empatia del resto della popolazione. Il racconto della tossicodipendenza, d'altra parte, ruota da sempre attorno al fallimento dei drogati più che alle condizioni sistemiche che lo hanno innescato: ma quando i numeri diventano improvvisamente così colossali, e il contagio si sparge ovunque, vuol dire che sta succedendo qualcosa di più profondo.

Se negli Stati Uniti la stampa si è accorta tardi di questo fenomeno, i media internazionali lo hanno quasi completamente ignorato: se n'è parlato molto poco, e meno di quasi tutto il resto. Non è una novità, né una sorpresa. Ci sono molti posti del mondo di cui sappiamo meno che degli Stati Uniti d'America, ovviamente, ma non ci sono posti con un divario più ampio degli Stati Uniti tra quello che crediamo di sapere e quello che sappiamo effettivamente.

L'influenza statunitense nei nostri consumi è così gigantesca e longeva – e tanto sono grandi la nostra cultura da bar e il nostro bisogno di mostrare quanto la sappiamo lunga – che pensiamo di conoscere bene l'America quando in realtà, nella gran parte dei casi, la nostra idea è un impasto di luoghi comuni e poche informazioni concrete.

Quando descriviamo l'assurdo sistema sanitario statunitense, lo facciamo spesso scegliendo due argomentazioni imprecise e fallaci, tra le molte valide che avremmo invece a disposizione: quella per cui se non hai un'assicurazione «ti lasciano morire per strada» (falso) e quella per cui «la sanità si paga» (perché, in Italia chi la paga?). Crediamo che gli statunitensi siano tutti armati fino ai denti – ci sono effettivamente più armi che persone – ma non sappiamo che la metà delle armi in circolazione in America è posseduta dal 3 per cento della popolazione. Crediamo che gli Stati Uniti siano un paese egoista e individualista, ma sono il primo al mondo per soldi donati in beneficenza dai suoi cittadini in proporzione al PIL (il secondo paese al mondo, la Nuova Zelanda, dona appena la metà degli Stati Uniti; l'Italia un quinto). Coltiviamo il luogo comune secondo cui gli Stati Uniti userebbero la mano pesante contro l'evasione fiscale e i reati dei cosiddetti colletti bianchi, ma in carcere ci vanno ancora soprattutto ragazzi neri. Ragioniamo e discettiamo sulla cultura americana e sulla loro idea di Stato e libertà, e amiamo paragonare il tutto a quello che succede qui da noi, senza sapere o tener conto che gli Stati Uniti sono un paese mezzo vuoto: ci sono più persone nella sola New York di quante ce ne siano in quaranta dei cinquanta Stati americani. Crediamo che gli Stati Uniti siano ancora un paese molto puritano, ma il 40 per cento dei bambini americani oggi viene messo al mondo da donne non sposate, e l'uso ricreativo della marijuana diventa legale in più Stati ogni anno che passa. Siamo abituati a leggere l'intera politica estera statunitense innanzitutto sulla base del petrolio, della necessità di trovarlo e importarlo a prezzi sempre più convenienti, ma oggi gli Stati Uniti sono praticamente indipendenti dal punto di vista energetico. L'elenco potrebbe continuare.

Nell'impossibilità di dichiararci sorpresi – vorrebbe dire che qualcosa, di questi americani, forse ci è effettivamente sfuggito – alla fine della fiera accogliamo il risultato elettorale più clamoroso in due secoli e mezzo di storia statunitense, la vittoria di Donald Trump alle elezioni presidenziali del 2016, come la logica e prevedibile conseguenza dei nostri luoghi comuni, affidando loro anche la problematica spiegazione delle sue caratteristiche accidentali, contraddittorie e mai viste prima – Trump ha preso tre milioni di voti in meno della sua avversaria – così come il fatto che lo stesso paese, pressoché gli stessi elettori, pochi anni prima per ben due volte avessero scelto a gran maggioranza Barack Obama. Facciamo tutto questo sulla base delle cose che crediamo di sapere, della nostra crescente incapacità di rispondere «non lo so» a qualsiasi domanda o, peggio ancora, adattando al contesto statunitense il nostro tifo politico locale. Il tutto senza avere alcuna contezza di vicende ineludibili come quella che riguarda i farmaci antidolorifici, per esempio, del contesto che le ha innescate e della loro importanza nel definire cosa siano oggi gli Stati Uniti d'America e le persone che li abitano.

Uno studio di Shannon Monnat, sociologa ed esperta di demografia dell'università della Pennsylvania, ha riscontrato che esiste una correlazione diretta tra i voti che Donald Trump ha preso nel 2016 più di Mitt Romney, il candidato del Partito repubblicano nel 2012, e le contee che sono state più colpite dall'abuso di oppiacei e dall'alcolismo. Trump è andato meglio nei posti messi peggio ed è andato molto meglio nei posti messi molto peggio, ottenendo in quelle contee anche 10-15 punti percentuali in più di Romney. Sono voti che, in molti casi, hanno fatto la differenza e gli hanno permesso di superare in quelle contee la sua sfidante, Hillary Clinton. Sia chiaro, Trump non ha vinto perché tutti i tossicodipendenti hanno votato per lui: la correlazione tra due dati non implica alcuna causalità. Ma se è vero che Trump è andato meglio nei posti più disperati d'America, e se è vero che la tossicodipendenza per sua natura non riguarda quasi mai singole persone ma intere comunità, allora diventa quantomeno interessante provare a capire se questa correlazione possa illuminare un fatto politico così spiazzante. Gli abusi di farmaci antidolorifici, infatti, non sono soltanto una questione sanitaria e di tossicodipendenza: coinvolgono la società statunitense nei suoi pilastri e nella sua storia.

Per capire com'è cominciata l'epidemia dobbiamo tornare agli anni Novanta, quando una serie di eventi apparentemente slegati tra loro crearono un piano inclinato. Sebbene i casi di cancro negli Stati Uniti siano rimasti stabili dal 1995 al 1999, il numero dei morti a seguito della malattia nello stesso periodo è diminuito costantemente. In quegli anni, infatti, le cure contro il cancro cominciarono a diventare più efficaci – nel 1990 fu introdotto l'ondansetrone, il primo farmaco in grado di limitare la nausea durante la chemioterapia – e quindi a tenere in vita più persone, ma a costo di far loro affrontare terapie lunghe e molto dolorose. Nel frattempo aveva raggiunto la mezza età la foltissima generazione dei cosiddetti «baby boomer», i figli degli anni Quaranta e Cinquanta, la generazione arrivata dopo la guerra che aveva lavorato tutta la vita costruendo un lunghissimo periodo di sviluppo ed espansione economica per gli Stati Uniti; e in un'economia che per decenni aveva fondato la sua espansione sull'industria, sul settore manifatturiero, sulle fabbriche, era difficile trovare degli adulti che non avessero una qualche forma di acciacco. L'aspettativa di vita della classe media, insomma, si stava allungando moltissimo, ma c'era un seccante prezzo da pagare:

il dolore. Cominciò allora a emergere – sui giornali, in tv, tra gli addetti ai lavori – una discussione nazionale sulla scarsa attenzione riservata dai medici a questa nuova sfida, alla sua soppressione e al suo contenimento.

Come ha raccontato, tra gli altri, Christopher Tedeschi, medico e docente alla Columbia University, «quello che si diceva in giro sui farmaci a base di oppiacei negli anni Novanta era molto diverso da quello che si dice oggi. Articolo dopo articolo, i giornali ripetevano ai loro lettori – compresi i giovani medici e studenti di medicina come me – che i dottori snobbavano il dolore dei loro pazienti e che gli oppiacei erano sicuri. Le riviste spingevano per un cambio di paradigma nella cura del dolore. Questa produzione giornalistica e divulgativa, che prendeva per verità assoluta le parole di qualche esperto, ha contribuito a cambiare le sensibilità dei medici come me, convincendoli a prescrivere questi farmaci senza farsi troppi scrupoli».[1]

Nel 1992 l'allora segretario alla Sanità dell'amministrazione di George H.W. Bush, un rispettato medico e docente di nome Louis Wade Sullivan, arrivò a indire una conferenza stampa per rimproverare personalmente i suoi colleghi: disse che la metà dei pazienti che venivano operati attraversava sofferenze evitabili e superflue, perché i medici – soprattutto i più anziani – non prendevano sul serio il loro dolore sulla base di alcune leggende metropolitane: che il dolore rafforzasse le persone e il loro carattere, per esempio, o che i bambini e gli anziani non lo percepissero quanto gli altri. Questa discussione però interessava direttamente tutta l'America, e non solo i malati di cancro o chi fosse reduce da un intervento chirurgico: ancora oggi cento milioni di americani, quasi uno su tre, dicono di soffrire di un dolore cronico. Ecco, in estrema sintesi, l'innesco, la tempesta perfetta: una nuova sensibilità dell'opinione pubblica, le forti pressioni del governo e le mutate condizioni sanitarie di milioni di persone a fronte del grande sviluppo economico della seconda metà del Novecento. Sarebbe bastata una di queste condizioni per far galoppare le case farmaceutiche. Si verificarono tutte e tre insieme.

Nel 1996 una società farmaceutica statunitense – la Purdue Pharma della famiglia Sackler – introdusse un nuovo farmaco antidolorifico, l'OxyContin: esiste ancora, ed è basato su un derivato dell'oppio. I farmaci derivati dall'oppio sono i più potenti ed efficaci antidolorifici in circolazione: bloccano il dolore agendo sui recettori del cervello, ma sopra certe dosi provocano anche una sorta di leggera euforia, alleggeriscono la testa; se usati con regolarità, perdono efficacia e danno dipendenza, ma all'epoca di questo non si parlava granché. I dirigenti di Purdue fin dal principio rassicurarono medici e consumatori: le pillole di OxyContin erano fatte in modo da liberare gradualmente la sostanza nell'organismo, così che gli effetti fossero diluiti nel tempo e nessuno ricevesse la cosiddetta «botta» dopo averla assunta. Bastava seguire le indicazioni dei medici e non ci sarebbero stati problemi. Nel frattempo, però, Purdue iniziò una campagna mediatica molto aggressiva. Gli spot trasmessi a nastro dalle televisioni americane mostravano nonne paciose giocare al parco con i loro nipoti, felici di non dover più dire loro «Torniamo a casa, alla nonna fa male la schiena»; operai entusiasti di non dover più saltare un solo giorno di lavoro per quel vecchio acciacco; persone che dicevano di essere tornate a vivere, a camminare, a uscire, dall'oggi al domani. Nel giro di poco arrivarono sul mercato diversi farmaci simili. Nessuno di questi si poteva acquistare liberamente in farmacia, serviva la ricetta di un medico: ma le intense campagne promozionali delle case farmaceutiche prendevano di mira anche i medici, che continuavano a essere sotto pressione da parte del governo, e ottenere una prescrizione descrivendo un mal di schiena era diventato improvvisamente la cosa più facile del mondo. Fu l'inizio della fine.

Le pillole infatti funzionavano eccome, ma la loro efficacia spesso non durava le dodici ore promesse dai bugiardini. Moltissimi americani cominciarono quindi ad assumerne più di quante gliene fossero state prescritte, semplicemente ingerendone una ogni volta che riaffiorava il dolore. D'altra parte, perché non farlo? Nessuno li aveva informati dei rischi legati a questi farmaci, i medici li prescrivevano senza fare storie, i costi erano coperti dalle assicurazioni o dallo Stato, le case farmaceutiche erano ben felici di aumentare la produzione. Non c'erano conseguenze evidenti per i pazienti, se non il fatto che le dodici ore tra un'assunzione e l'altra diventavano facilmente otto, sei, quattro, tre. La cultura statunitense preferisce da sempre alla prudenza una certa ingenua e avventuriera incoscienza, soprattutto quando si tratta di inseguire qualche comodità in più: una ricetta ideale per creare grandi successi e qualche disastro. Se vivere con un dolore cronico era debilitante e complicato, farlo dopo aver constatato che una pillola poteva risolvere le cose una volta per tutte era considerato decisamente inaccettabile.

Meno di otto anni dopo il lancio dell'OxyContin, nel 2004, lo Stato del West Virginia fece causa alla Purdue per pubblicità ingannevole, chiedendo il rimborso dei costi eccessivi sostenuti dallo Stato: l'efficacia delle pillole non durava dodici ore come promesso, e questo aveva portato a un surplus di prescrizioni e costi. Il giudice per le indagini preliminari scrisse che «le prove mostrano che Purdue avrebbe potuto fare più test e dare informazioni corrette ai pazienti, ma non lo ha fatto». Non si arrivò mai a una sentenza: il caso si risolse con un accordo tra Purdue e lo Stato per un risarcimento da 10 milioni di dollari. A questa causa ne seguirono altre, ma non è un caso se la prima avvenne proprio in West Virginia, l'America rurale per eccellenza: un posto in cui la città più grande ha meno di 50.000 abitanti e i residenti sono bianchi per il 94 per cento, lo Stato americano con meno abitanti nati in un'altra nazione e quello con la minor percentuale di persone in grado di parlare un'altra lingua oltre l'inglese. Questa epidemia, infatti, non ha colpito ovunque allo stesso modo.

Il dolore cronico è spesso la conseguenza di una professione faticosa. In un posto come il West Virginia, che per decenni ha costruito la sua economia sull'industria del legname e le miniere di carbone, è difficile trovare un maschio adulto che non abbia una qualche forma di dolore cronico. La schiena, l'anca, il collo, le ginocchia, un gomito. Lo stesso vale per chi ha lavorato in fabbrica, in una catena di montaggio, nell'edilizia. I medici americani peraltro sono sempre stati più propensi a prescrivere gli antidolorifici ai bianchi, rispetto ai neri, perché consideravano i neri più irresponsabili e quindi a maggior rischio di abuso. Uno studio dell'università della Pennsylvania ha scoperto che i pazienti neri hanno il 34 per cento di possibilità in meno dei pazienti bianchi di ottenere una prescrizione medica di un farmaco a base di oppiacei per curare un dolore cronico. Risultato: le persone che negli Stati Uniti hanno cominciato a fare uso di eroina dopo il 1980 sono bianche per il 90 per cento, malgrado lo stereotipo del tossicodipendente nero.

Ma anche durante la crisi successiva il consumo di oppiacei si è mantenuto su livelli elevati. Quando cominciò la deindustrializzazione, quando le miniere di carbone iniziarono a chiudere, le fabbriche a trasferirsi altrove e l'economia americana a cambiare, non tutte le città riuscirono a trasformarsi abbastanza in fretta. La disoccupazione, l'emigrazione, l'impoverimento e l'espulsione dalla classe media generarono un disagio e una disperazione che molte persone scoprirono di riuscire a bloccare con le stesse pillole che usavano per arginare il dolore fisico: sopra una certa dose, infatti, i farmaci a base di oppiacei anestetizzano anche da quello emotivo. Le stesse persone che per decenni avevano trainato l'economia statunitense, la sua manifattura, la sua energia, che avevano creato prosperità e ricchezza per tutti, cominciarono ad autodistruggersi.

A partire dall'inizio del nuovo millennio, le città americane furono invase da miliardi di pillole antidolorifiche a base di oppiacei, e centinaia di migliaia di persone ne diventarono dipendenti: alcune al punto da farsi male da sole pur di avere un dolore da curare con le pillole, e ottenere periodicamente delle nuove ricette mediche, mentre altre scoprirono che bastava sbriciolare le pillole e sniffarle, o iniettarsele in vena, per ottenere la «botta». Procurarsi i farmaci, peraltro, era diventato ancora più semplice, perché qualcuno aveva fiutato l'affare. Alcuni medici cominciarono a scrivere prescrizioni false, intestandole a pazienti ignari che non ne avevano bisogno, per poi comprare loro stessi le pillole e rivenderle sul mercato nero oppure online. Alcune farmacie cominciarono a fare lo stesso. Una singola farmacia di un paesino del West Virginia che si chiama Kermit, 392 abitanti, ricevette in due anni quasi 9 milioni di pillole di antidolorifici a base di oppiacei; una farmacia di Point Pleasant, 4350 abitanti, vendette 7,3 milioni di pillole in sei anni; un'altra farmacia di Point Pleasant, distante un solo isolato, ne vendette altri 3,9 milioni. Negli anni peggiori dell'epidemia in West Virginia sono arrivate 433 pillole di antidolorifici per ogni abitante. Bambini compresi.

Tutto questo ovviamente non accadeva soltanto in West Virginia. Tra il 2008 e il 2010 i medici della Florida ordinarono alle case farmaceutiche nove volte la quantità di pillole di ossicodone – un antidolorifico a base di oppiacei simile alla morfina – di tutti gli altri quarantanove Stati americani messi insieme. In uno dei casi diventati poi più famosi, due muscolosi ragazzotti misero in piedi una catena di cliniche – American Pain – che erano in sostanza delle sedi di spaccio legalizzato: bastava entrare, chiedere di vedere un medico a una delle ex spogliarelliste dietro il bancone della segreteria, entrare nello studio di uno di questi dottori e pagare in contanti. I medici tenevano una pistola sotto il camice, perché con i tossicodipendenti non si sa mai, e incassavano cifre che mai avrebbero visto altrove. Le cliniche servivano migliaia di clienti ogni settimana, provenienti da ogni angolo del paese. I titolari si portavano a casa fino a 400.000 dollari al giorno e diventarono rapidamente milionari. Le case farmaceutiche vedevano crescere i loro profitti. I morti si accatastavano, decine di migliaia ogni anno, ma ancora nessuno univa davvero i puntini.[2]

L'agenzia antidroga statunitense, la DEA, all'epoca cercava di contrastare il traffico di farmaci partendo proprio dal fondo della catena, dai medici corrotti, dalle farmacie illegali, ma era impossibile: non si ferma un traffico da centinaia di milioni di pillole andando a cercare e arrestare i singoli medici corrotti, i pesci piccoli. Bisognava partire dall'alto. Tra il 2006 e il 2008 la DEA cominciò allora ad applicare una vecchia legge del 1970, fin lì ignorata, che obbligava le case farmaceutiche a segnalare e sospendere tutti gli ordini di farmaci che si potessero considerare sospetti, per esempio per le loro dimensioni. In base a questa legge la DEA cominciò a fare sanzioni, con risultati significativi ma limitati: il governo riscosse 425 milioni di dollari e avviò cause contro tredici case farmaceutiche, ma queste continuavano a operare e realizzare guadagni enormemente superiori al denaro che perdevano. Finché a un certo punto non andarono all'attacco, e cominciarono ad assumere i dipendenti della DEA. Uno dopo l'altro almeno quarantasei funzionari, avvocati e dirigenti della DEA furono assunti dalle stesse case farmaceutiche contro cui lavoravano fino al giorno prima, accettando stipendi molto più alti di quelli che poteva offrire la pubblica amministrazione. Le famose porte girevoli di Washington. Questi avvocati e funzionari erano spesso gli stessi che avevano istruito quei processi: conoscevano benissimo quei casi, soprattutto nei loro punti deboli, e conoscevano altrettanto bene i funzionari rimasti alla DEA, perché erano i loro ex colleghi. Sapevano con chi parlare, cosa dire, come muoversi. Cominciarono a vincere le cause, una dopo l'altra.

La guerra finì con una soluzione salomonica. Tra il 2008 e il 2010 la DEA smantellò quel che restava del team che si era occupato di comminare le sanzioni e seguire i processi, mentre le case farmaceutiche – che nel frattempo dovevano difendersi anche dai singoli Stati, e continuavano a versare risarcimenti milionari – accettarono di introdurre delle nuove versioni dei loro antidolorifici oppiacei, con pillole più difficili da frantumare e sciogliere, e una quantità minore del principio attivo. Nel frattempo gli enti che governano la sanità americana diffusero delle nuove linee guida, invitando i medici a prescrivere questi farmaci solo in casi davvero gravi, consigliando agli altri pazienti di curare i dolori cronici con l'esercizio fisico o con farmaci più leggeri, ma fu troppo poco e troppo tardi. Il mercato nero dei farmaci era ormai florido, organizzato e onnipresente, tanto che era diventato semplicissimo ottenere anche gli oppiacei più rari e pericolosi: per esempio il devastante fentanyl, cento volte più potente della morfina, capace di uccidere con una sola somministrazione. I cartelli della droga, inoltre, capirono che era arrivato il momento di cavalcare questa mostruosa implosione sociale, e inondarono le città americane di un altro derivato dell'oppio: l'eroina.

Chi ha assunto eroina fa una certa fatica a trovare le parole per descrivere cosa succede dopo la prima dose. Qualcuno dice di essersi sentito «come se avessi respirato per la prima volta», altri dicono che è come «essere abbracciati da Gesù»: espressioni che spiegano soprattutto quanto sia complicato spiegarlo. Il linguaggio della chimica ha meno passione ma più logica. La dopamina è il neurotrasmettitore che tra le altre cose regola gli stimoli della motivazione e della ricompensa: il nostro cervello la produce naturalmente quando mangiamo qualcosa di buono, quando facciamo sesso, quando ci dissetiamo o quando ascoltiamo la musica, e ci suggerisce di rifarlo. L'assunzione di eroina produce tanta di quella dopamina da dirottare il normale funzionamento del cervello: la sensazione di pace e piacere è così intensa, perfetta e completa da far sparire tutto il resto, e imparagonabile a qualsiasi altra ottenibile naturalmente. Quando l'effetto svanisce, e la realtà ritorna afferrabile con tutte le sue miserie, il corpo suggerisce insistentemente di fare una e una sola cosa per tornare a stare bene: assumerne un altro po'. È un ordine impossibile da ignorare, perché dettato da processi chimici fuori dal controllo della forza di volontà: i meccanismi che regolano il piacere e la ricompensa si corrompono, e il riequilibrio naturale della dopamina diventa impossibile. La seconda dose, infatti, non darà una sensazione forte come la prima. La terza sarà imparagonabile alla seconda. La mancata assunzione di eroina produce nervosismo e stress che nel giro di poco tempo diventano dolore, nausea, spossatezza e disperazione sempre più acuti; ogni dose si limita a fermare il malessere, e per sempre meno tempo. L'autodistruzione dell'organismo si accompagna a quella della persona, che nel frattempo sbriciola i propri legami personali, la propria posizione lavorativa, la propria stabilità economica. Senza una terapia, l'unica conclusione possibile è la morte per overdose; spesso non bastano nemmeno le cure.

In quanto derivato della morfina, un altro oppiaceo, l'eroina è perfetta per chi ha una dipendenza da farmaci antidolorifici come l'OxyContin. Inoltre costa pochissimo, al contrario dei farmaci: se oggi una pillola di OxyContin sul mercato nero viene 80 dollari, una dose di eroina ne costa appena 5 o 10. Tre consumatori di eroina su quattro in America dicono di avere cominciato con i farmaci antidolorifici a base di oppiacei: quello che era iniziato tra gli anni Novanta e Duemila come un problema limitato all'abuso di uno specifico farmaco, risolvibile con un tratto di penna della persona giusta nell'ufficio giusto, è diventato un'epidemia di tossicodipendenza senza precedenti. I morti sono stati così tanti da produrre un dato mai visto in un secolo: dal 2016 al 2018, per tre anni consecutivi, negli Stati Uniti l'aspettativa di vita è diminuita invece che crescere. Non succedeva dal 1915-18, quando la Prima guerra mondiale e l'influenza spagnola uccisero milioni di persone in tutto il mondo.

Un'altra conseguenza della forma che ha preso questa epidemia, del fatto che le sue origini abbiano un legame così stretto con l'evoluzione di un pezzo della classe operaia statunitense, del fatto che abbia coinvolto principalmente i luoghi dell'America rurale, è che ha toccato posti che non avevano la minima idea di come si potesse gestire un problema del genere. Se per decenni la maggioranza degli americani aveva pensato che la tossicodipendenza fosse in gran parte un problema dei ghetti ai margini delle grandi città come Boston o Baltimora o New York, è perché a lungo è stato effettivamente così. Nel corso del Novecento le città statunitensi si riempirono di operai che arrivavano da ogni angolo del paese e del mondo, ma il grande sviluppo economico – unito alla diffusione dell'automobile – portò dopo la guerra la neonata classe media statunitense a stabilirsi nelle aree residenziali fuori dai confini cittadini, in quei paciosi vialoni con le villette a schiera e il prato all'inglese che siamo abituati a vedere nei film e nelle serie tv, lasciando i centri delle città – fitti, cementificati, sporchi e inquinati – ai gruppi sociali più poveri e disagiati, cioè innanzitutto ai neri. Se noi europei siamo abituati a considerare il centro delle città come il luogo dove vivono le persone colte e benestanti, la classe media e la borghesia, mentre associamo le periferie ai luoghi più inospitali e degradati, negli Stati Uniti è quasi sempre vero il contrario: chi vive bene vive nei *suburbs*, mentre i posti più problematici sono i centri delle città, le *inner cities*.

Per grandissima parte del Novecento le persone dei *suburbs* furono solo sfiorate dalla tossicodipendenza, a parte per pochi episodi che creavano molto scandalo; tra chi viveva nelle campagne, poi, persisteva la ferrea convinzione – simile a quella che negli anni Venti sostenne e giustificò il proibizionismo – che la droga fosse un problema legato alla dissolutezza degli stili di vita di chi viveva in città, cose di gang e di sbandati. Quando l'eroina è arrivata nelle province bianche e conservatrici del West Virginia, dell'Ohio o del Kentucky, quando ha raggiunto contesti e famiglie lontanissime dagli stereotipi, i genitori si rifiutavano di portare dal medico i figli tossicodipendenti per paura di essere giudicati. Le persone si vergognavano di parlarne con i loro amici più cari. Chi stava bene guardava chi era tossicodipendente non come un malato ma come un fallito, aggiungendo una pena supplementare a una condizione di per sé già insopportabile.

Neanche le amministrazioni pubbliche e le strutture sanitarie sapevano dove mettere le mani. La cultura largamente dominante in queste disgraziate zone del paese sostenne a lungo che un principio basilare della lotta alle tossicodipendenze, la riduzione del danno, fosse in realtà un atteggiamento da smidollati, un modo ipocrita per rimandare la soluzione del problema, e che il metodo per curare le persone tossicodipendenti fosse semplicemente rimbrottarle e costringerle a smettere di drogarsi, dall'oggi al domani, quando ormai sappiamo che si esce da questa condizione – se e quando si esce – solo con un percorso lungo, faticoso e graduale.

C'è un farmaco che inverte gli effetti di un'overdose in modo istantaneo, si chiama Naloxone, o Narcan. Chi lo ha usato o lo ha visto usare dice che ha un'efficacia miracolosa: se viene somministrato rapidamente, spruzzandolo nelle narici di una persona in overdose, quella riprende coscienza immediatamente, come una resurrezione. Verrebbe da dire «evviva», ma non tutti in America sono d'accordo. Alcuni sostengono che l'esistenza del Naloxone fornisca una specie di alibi ai tossicodipendenti, spingendoli a drogarsi forti della consapevolezza che possono essere salvati anche se sono alla loro decima, undicesima overdose. Lo stesso si dice dei programmi per dare ai tossicodipendenti delle siringhe pulite, per esempio, che in Europa gli esperti considerano scontati e fondamentali ma che negli Stati Uniti sono contestati da chi pensa che drogarsi non sia una condizione patologica bensì una scelta, un comportamento reprensibile che merita una punizione e non delle cure.

Tutto questo ha reso più rapido il contagio sociale, cioè – semplificando brutalmente – quel fenomeno per cui, alla lunga, se la tua vicina di casa si fa di eroina, se tuo marito si fa di eroina, se la tua migliore amica si fa di eroina, ci sono buone possibilità che a un certo punto anche tu cominci a farti di eroina. E ovviamente la crisi si è autoalimentata anche dal punto di vista economico. Nei luoghi in cui la depressione economica aveva creato le condizioni ideali per la diffusione dell'epidemia, l'epidemia stessa ha reso ancora più complesso invertire la tendenza e cambiare le cose, e ha vanificato gli interventi esterni. Nel 2012 la società dei grandi magazzini Macy's aprì un punto vendita proprio in West Virginia e trovò enormi difficoltà ad assumere dipendenti perché tantissimi candidati non superavano i test tossicologici, per fare soltanto un esempio.

La strada è ancora così lunga che non si vede la fine, ma oggi sembra che qualcosa stia iniziando a cambiare. Nell'agosto 2019 la casa farmaceutica Johnson & Johnson è stata condannata in Oklahoma per la pubblicità ingannevole dei suoi antidolorifici a base di oppiacei, pagando un risarcimento da 572 milioni di dollari per avere «pervasivamente, sistematicamente e sostanzialmente» promosso i suoi prodotti descrivendoli come sicuri e necessari, pur sapendo dei rischi collegati. Ogni Stato americano ha già ottenuto o sta per ottenere risarcimenti simili, ma subito dopo la condanna il valore delle azioni delle case farmaceutiche è cresciuto: l'accusa infatti aveva chiesto un risarcimento da 17 miliardi, e Johnson & Johnson ha ricavi annui per 80 miliardi di dollari. È andata peggio a Purdue Pharma, la società che aveva commercializzato i primi antidolorifici a base di oppiacei. Ad agosto 2019 l'azienda – che nel frattempo aveva iniziato a trarre enormi profitti anche dalla vendita di farmaci e terapie contro la tossicodipendenza – ha negoziato un accordo giudiziario particolarmente pesante, sancendo di fatto la fine della sua attività: una multa da 10 miliardi di dollari, la fornitura gratuita di farmaci anti-abusi, la destinazione di ogni profitto a un fondo per le famiglie dei malati, un versamento ulteriore una tantum da 3 miliardi di dollari dalla famiglia Sackler e l'avvio delle pratiche per la liquidazione della società, che ha già dichiarato bancarotta.

Nel frattempo, pur restando altissimo, nel 2018 per la prima volta in trent'anni il numero di persone morte per overdose negli Stati Uniti è diminuito. Le ultime leggi di bilancio approvate dal Congresso hanno stanziato decine di miliardi di dollari per formare medici e personale sanitario, per allestire strutture in grado di arginare l'epidemia e dare strumenti più efficaci alle città e agli Stati. I medici fanno molta più attenzione a quali farmaci prescrivono e a chi; i pazienti a cui vengono prescritti gli antidolorifici si attengono terrorizzati alle indicazioni dei medici. I giornali e le televisioni hanno iniziato a mettere queste storie nel loro contesto. L'elezione di Donald Trump ha portato le redazioni delle grandi città a indagare con maggior cura e attenzione la vita nelle comunità rurali statunitensi, mentre un grande – per quanto tardivo – lavoro d'inchiesta ha fatto venire alla luce le storture e gli errori che hanno prodotto la catastrofe, per quanto siano ancora tutti lì. È nata una nuova sensibilità nell'opinione pubblica statunitense: è diventato impossibile parlare della crisi economica e delle sue conseguenze, della deindustrializzazione, delle condizioni e delle esigenze della classe media – ma persino dell'ostilità verso i trattati commerciali e della svolta protezionista del Partito repubblicano – senza parlare della crisi nata con l'abuso dei farmaci antidolorifici. Chi vuole sapere cosa è successo all'America non dovrebbe fermarsi a questa vicenda, ma deve probabilmente cominciare da qui.

II

Contro il governo

Non è un caso se le due cose per cui il Nevada è famoso in tutto il mondo – Las Vegas e l'Area 51 – giocano con le nostre idee di vero e falso, di reale e inventato, di autentico e posticcio. Il Nevada, infatti, è quasi vuoto. È grande quasi quanto l'Italia intera ma ha meno abitanti della sola provincia di Milano; molti di questi peraltro sono concentrati proprio a Las Vegas e a Reno, che sono vicinissime ai confini con la California e l'Arizona. Il resto è deserto disabitato, terra arida crepata dalla siccità – è lo Stato più secco d'America – e circondata da grandi montagne, divisa da poche strade lunghe e dritte che conducono verso gruppetti di case che fingono di essere piccole città, e ranch distanti decine di chilometri l'uno dall'altro. Questi ranch, peraltro, non è che possano produrre moltissimo: d'estate la temperatura sfiora i 50 gradi e d'inverno scende ampiamente sotto zero. Il settore agricolo si limita alla coltivazione di meloni, cipolle e patate, mentre qualcuno alleva addirittura dei cammelli. Col bestiame è ancora più complicato, ma c'è chi ci prova lo stesso: e uno di questi allevatori, che si chiama Cliven Bundy, si trova da anni al centro di una contesa legale che a un certo punto è diventata un assedio armato, e lo ha fatto diventare un simbolo dell'ostilità di un pezzo di America nei confronti del governo federale di Washington, di qualsiasi colore politico sia. Anche perché, contro ogni apparente buon senso, l'assedio alla fine lo ha vinto lui.

Bundy è un allevatore particolare. Settantaquattro anni, mormone, quattordici figli e più di cinquanta nipoti; ultraconservatore, noto per le sue battute razziste, indurito da una vita trascorsa per intero in un posto così inospitale, ma con una voce spiazzante, acuta e flebile. Le sue mucche, in qualche modo, gli somigliano. Hanno l'aspetto placido di tutte le mucche ma sono selvagge, libere di muoversi come e dove vogliono, senza i cowboy a governarle; non sono vaccinate né marchiate, la loro riproduzione non viene controllata; i tori sono particolarmente rabbiosi. Bundy non porta il bestiame in un fienile nemmeno durante le stagioni più inospitali e rigide, ma lascia gli animali all'aperto, affamati e disperati, liberi di allontanarsi quanto vogliono per cercare un po' d'acqua e qualcosa da masticare. Nella maggior parte dei casi lo stesso Bundy non è in grado di dire dove siano esattamente in un dato momento. La sua mandria è sparpagliata in un'area grande 90 chilometri quadrati, esattamente la metà del comune di Milano. Su terreni che non sono suoi. Il governo federale degli Stati Uniti possiede infatti poco meno del 30 per cento del territorio nazionale, soprattutto nell'Ovest: la regione più inospitale per l'uomo e che fu esplorata per ultima, e che non a caso fu chiamata a lungo Far West.

Dato che in Nevada non c'è quasi niente, a parte le montagne e il deserto, l'83 per cento del terreno dello Stato è di proprietà del governo. Non è inconsueto allora che gli allevatori portino il loro bestiame a pascolare su terreni del governo. Il Bureau of Land Management (BLM), l'agenzia che controlla e gestisce i terreni di proprietà del governo, eroga a questo scopo migliaia di permessi in tutto il paese, dietro il pagamento di una cifra simbolica: 1 dollaro al mese per ogni mucca.

Il ranch dei Bundy ottenne il suo primo permesso di pascolo nel 1954 e per un bel po' andò tutto bene Le cose cambiarono nel 1993, quando l'amministrazione Clinton dichiarò la tartaruga del deserto una specie in via di estinzione, peraltro proprio a causa del pascolo indiscriminato del bestiame, e decise di sottrarre all'uso degli allevatori una grande area del Nevada per trasformarla in una riserva naturale. Il governo offrì agli allevatori un generoso rimborso dei loro permessi di pascolo, e moltissimi accettarono. Bundy no: decise di continuare a lasciar andare il suo bestiame dove voleva, e per protesta smise anche di pagare la tariffa mensile al governo. Non era solo una questione di soldi. Bundy pensava che il governo federale, cioè secondo lui quattro bolsi burocrati a Washington DC, stesse esercitando abusivamente il proprio potere su un pezzo di terra che non lo riguardava e non gli competeva, e che i suoi avi lavoravano dal 1877.

Nei due decenni di cause legali, ricorsi e controricorsi che ne seguirono, Bundy sostenne di non riconoscere il potere del governo e della polizia federale statunitensi, e che l'unica entità in grado di rivendicare giurisdizione su quei terreni fosse «lo Stato sovrano del Nevada»; pretese di non riconoscere la legittimità del sistema giudiziario federale e si dichiarò «cittadino del Nevada», sostenendo che i terreni controllati dal governo federale dovessero in realtà considerarsi sotto il controllo del suo Stato. «Sarei ben felice di pagare per i miei permessi, se solo potessi pagare al governo giusto. Il che ci porta al punto principale: di chi è questa terra? Come fa il governo di Washington a possedere quasi il 90 per cento di tutto il Nevada? Credevo che fossimo uno Stato sovrano.» Perse quasi tutte le cause, ma riuscì a tirarla per le lunghe e approfittare di un sistema che non era attrezzato a gestire casi come il suo. Escluso Bundy, infatti, nel 2014 in tutti gli Stati Uniti il governo contava appena 200.000 dollari in permessi di pascolo non pagati. Il solo Bundy ne doveva invece più di un milione. A un certo punto al governo non restò altra strada che il pignoramento della sua mandria.

Il 19 marzo 2014 il BLM comunicò ai Bundy che di lì a poco sarebbe arrivata la polizia per iniziare a radunare gli animali. I Bundy telefonarono a un po' di gente del posto chiedendo aiuto e altri *rancheros* raggiunsero i suoi terreni: anche se avevano pagato i loro permessi, e ritenevano che Bundy avesse esagerato con quella che era in ultima istanza una questione di principio, pensavano che mai e poi mai il governo si sarebbe dovuto spingere fino a sequestrare la sua mandria, la sua proprietà privata, la sua impresa. I prossimi sarebbero stati loro, con un pretesto qualsiasi? Meglio non creare precedenti. Gli agenti arrivarono il 5 aprile, e trovarono al ranch la numerosissima famiglia Bundy e qualche altra decina di persone. Infuriati e armati. Al netto del gran nervosismo da entrambe le parti, la scena era anche piuttosto bizzarra: decine di agenti a cavallo inseguivano le mucche cercando di catturarle con il lazo, mentre i Bundy e i loro sodali li insultavano e gli andavano appresso cercando di intralciarli. Uno dei figli di Bundy, Dave, fu arrestato per resistenza a pubblico ufficiale e poi rilasciato.

Dopo cinque giorni di operazioni arrivarono alcuni camion, per caricare le mucche che intanto erano state radunate. I Bundy provarono a ostruire le strade con i loro pick-up, tra grida, cartelli e insulti; qualcuno tirò delle pietre agli agenti, altri li accusarono di voler caricare sui camion i capi di bestiame che erano morti sotto il loro controllo. Il clima era esasperato. Una delle figlie di Bundy fu spinta da un poliziotto durante un alterco e cadde a terra. Uno dei suoi fratelli, il quarantenne Ammon Bundy, arrivò sgommando su un quad e si fermò davanti a uno dei camion. Attraversò a piedi la nuvola di polvere che aveva sollevato e si avvicinò urlando improperi a tre agenti che tenevano al guinzaglio un cane poliziotto. Il cane ringhiò e abbaiò minacciosamente, sporgendo il muso in avanti e tendendo il guinzaglio. Forse pensando che il cane stesse per morderlo, Ammon Bundy lo colpì con un calcio in testa. Uno degli agenti allora tirò fuori un taser e sparò. Il taser è una pistola elettrica: utilizza una scarica a intensità di corrente variabile per paralizzare i movimenti di chi viene colpito, facendogli contrarre i muscoli. Essere colpiti da un taser non è letale, nella gran parte dei casi, ma è molto doloroso. Bundy arretrò senza cadere a terra, come invece accade di solito a chi viene colpito da un taser, e dopo qualche momento si avvicinò di nuovo agli agenti, mentre intorno cominciava un finimondo di urla e spintoni. Fu colpito dai taser altre due volte, prima che gli agenti salissero sul loro pick-up e arretrassero. In quel preciso momento la protesta dei Bundy e i piani della polizia cambiarono radicalmente: non a causa della rissa, ma a causa del video della rissa. Uno dei manifestanti, infatti, aveva filmato tutto; al resto aveva pensato YouTube.

Il video diventò virale nel giro di poche ore. Fu visto milioni di volte, fu ripreso dalle principali testate giornalistiche americane ma soprattutto da una serie di attivisti, opinionisti e youtuber di estrema destra, che lo descrissero come l'ennesimo esempio dell'invadenza e della prepotenza del governo federale, nonché di quanto poco i politici di Washington – in particolare i democratici, all'epoca al potere con l'amministrazione Obama – tenessero in considerazione e rispettassero le comunità rurali statunitensi e il loro stile di vita. Post dopo post, video dopo video, tweet dopo tweet, la storia si arricchì di particolari tanto fantasiosi quanto inquietanti: qualcuno disse che ai capi di bestiame sequestrati ai Bundy non venisse dato da bere o da mangiare, se non addirittura che venissero uccisi; qualcuno sostenne di aver visto gli agenti ammassare carcasse di mucche in una fossa comune, e cecchini nascosti dietro le rocce pronti a sparare ai manifestanti.

Nel raccontare la storia dei Bundy e mostrare il video della rissa, poi, gli attivisti fecero anche qualcos'altro: invitarono chiunque fosse interessato a difendere il popolo da un governo autoritario e oppressivo a prendere la macchina e mettersi in viaggio verso il Nevada. Dalla difesa delle mandrie dei Bundy, dicevano, passa la difesa della libertà. La difesa dell'America. Pete Santilli, un conduttore radiofonico superconservatore con un certo seguito in Nevada, raccontò senza fornire prove di aver visto centinaia di agenti armati pronti a sequestrare l'intero ranch dei Bundy. Sean Hannity, famoso e influente personaggio televisivo di Fox News, ospitò Bundy nel suo programma elogiando la sua lotta contro gli abusi di potere del governo. Anche due senatori del Partito repubblicano diedero il loro sostegno alla causa, per poi ritirarlo in fretta quando in un'intervista Bundy disse che «i negri vivevano meglio sotto la schiavitù».

Nel giro di qualche giorno centinaia di persone arrivarono al ranch dei Bundy da ogni parte dell'America rurale. Ma non erano pacifici manifestanti di campagna. Ogni genere di gruppo radicale e milizia armata raggiunse il Nevada, insieme a neonazisti, militari in pensione, reduci, anziani complottisti, ragazzotti radicalizzati su YouTube e microcelebrità dell'estrema destra. C'era Blaine Cooper, muscoloso attivista antigovernativo che una volta si era filmato mentre strofinava del bacon su una copia del Corano, per poi dargli fuoco e trafiggerlo con una freccia lanciata dal suo arco. C'era Jon Ritzheimer, un giovane ex militare che dopo essere tornato da una missione in Iraq aveva cominciato a improvvisare dei rabbiosi sit-in di protesta davanti alle moschee, e veniva invitato nei talk show quando serviva qualcuno che parlasse male degli immigrati e dei musulmani. C'era Pete Santilli, ovviamente. C'era David Fry, un nerd ventisettenne dell'Ohio mezzo giapponese che era ossessionato dall'aborto e in passato era scappato da una clinica psichiatrica. C'era Robert LaVoy Finicum, un *ran-*

chero dell'Arizona che aveva guadagnato qualche notorietà nell'estrema destra statunitense scrivendo un romanzo distopico su come un governo socialista avesse trasformato gli Stati Uniti in una tirannia. Le proteste erano guidate da Ammon Bundy e da uno dei suoi fratelli più piccoli, Ryan, reso particolarmente riconoscibile da una deformazione al viso dovuta a un incidente: un pick-up lo aveva investito quando era bambino, rompendogli le ossa del cranio.

Ovviamente, erano tutti armati fino ai denti. Coltelli di ogni dimensione, pistole, mitragliatori, fucili da guerra. «Ci servono per proteggerci da un governo dittatoriale» dicevano. Insieme alle armi, tenute sempre in vista, molti brandivano davanti alle telecamere una copia della Costituzione, il testo che ratificò e regolò l'unione tra i singoli Stati americani: nel tempo è diventata un feticcio soprattutto nell'estrema destra, che la considera lo strumento che garantisce l'autonomia dei singoli Stati dal governo di Washington (mentre la sinistra preferisce di gran lunga la Dichiarazione d'indipendenza, che sancisce che *all men are created equal*, tutti gli uomini sono stati creati uguali).

Gli agenti sospesero il sequestro della mandria – avevano ormai catturato gran parte degli animali – ma non si mossero: l'ordine era aspettare e vedere. Cliven Bundy e il suo sgangherato esercito cominciarono a organizzarsi. I manifestanti si sparpagliarono in picchetti permanenti di protesta, organizzarono posti di blocco sventolando bandiere statunitensi e cartelli minacciosi, e bloccarono un'autostrada. Altri gestivano la sorveglianza del ranch dei Bundy e degli appezzamenti di terra dove pascolava il bestiame non ancora sequestrato. Si muovevano sui loro enormi pick-up oppure a cavallo, sempre in tenuta militare o vestiti da cowboy, e sempre armati.

Nel tentativo di calmare le acque, l'allora governatore repubblicano del Nevada pensò di invitare i manifestanti a radunarsi in tre o quattro aree identificate dalle autorità, perché continuassero liberamente a protestare permettendo agli agenti di tenere la situazione sotto controllo e proseguire col sequestro degli animali. Non fu una grande idea, e fu ancora peggio chiamare queste aree «First Amendment Zones», le «zone del Primo Emendamento», quello che nella Costituzione statunitense garantisce la libertà di parola. Non solo le milizie armate di Bundy non aspettavano altro che avere occasioni per fare il contrario di quello che gli dicevano gli agenti, ma l'istituzione delle «zone del Primo Emendamento» gli sembrò – comprensibilmente, bisogna dire – una conferma del fatto che fuori da quelle aree il governo stava violando la Costituzione, per sua stessa ammissione. Nelle interviste date ai giornalisti e nei post pubblicati sui social network, i miliziani si descrivevano «pronti a fare qualsiasi cosa» per difendere il ranch dei Bundy e la libertà degli americani, e dicevano che finalmente le comunità rurali avevano rialzato la testa.

C'era la sensazione che da un momento all'altro potesse accadere qualcosa, e col passare delle ore tra i miliziani crebbe anche la paranoia. Un paio di risse per questioni minori finirono con le armi puntate. Riemerse qualche vecchia rivalità tra milizie del Nord e del Sud, tra gruppi dal forte orientamento religioso e altri composti solo da atei. Poi cominciò a circolare la voce che il governo avesse deciso di bombardare il ranch con un drone, e si sarebbe mosso presto. Era una tesi assurda, ma creò grossa agitazione: quando un gruppo suggerì di abbandonare la residenza dei Bundy per precauzione, gli altri minacciarono di spararglі alla schiena «come si fa con i disertori».

Una sera, su un palco improvvisato e circondato da una scorta di omoni in tenuta mimetica e auricolare d'ordinanza – «per dare l'idea che sapessero quello che stavano facendo» avrebbe scritto impietosamente un giornalista locale – Cliven Bundy arringò le sue truppe. Allo sceriffo locale, che lo ascoltava da sotto il palco, disse che la rivoluzione era cominciata e non si sarebbe fermata alle mucche, quindi aveva un'ora di tempo per far abbattere i gabbiotti con le biglietterie dei vicini parchi nazionali di Red Rock Canyon e Lake Mead, simboli dell'atteggiamento predatorio di un governo che si permette addirittura di far pagare un biglietto per l'accesso a strade e posti che dovrebbero essere di tutti. Già che c'era, lo sceriffo avrebbe dovuto sequestrare le armi dei ranger guardaparco, che dipendono dal governo federale, e portarle sul palco ai piedi di Bundy. «Sappiamo proteggerci da soli! Non ci serve il governo! Non riconosciamo la sua giurisdizione né la sua autorità, e siamo pronti a riprenderci il paese con la forza.»

Prima di proseguire con la rivoluzione, però, bisognava effettivamente liberare le mucche. «Hanno preso i miei animali, hanno preso anche mio figlio» disse alludendo all'arresto di qualche giorno prima. «Domani comincia la guerra. Andate a prenderle, cowboy!» I miliziani non erano cowboy, ma fomentati dal discorso di Bundy salirono sulle loro macchine o sui cavalli e si diressero verso la gola dove i poliziotti avevano ammassato il bestiame sequestrato. L'assedio stava per cominciare. Man mano che arrivavano, i miliziani si fermavano a pochi metri dalla linea difesa dagli agenti di polizia. Gli uomini di Bundy erano molti di più e molto più armati, anche perché i capi della polizia avevano deciso di non far indossare ai propri uomini armi pesanti o tenute antisommossa, nel timore che potessero apparire come una provocazione. I miliziani decisero di mettere in prima fila le donne, per scoraggiare l'uso della forza: se poi avessero sparato, questo non gli avrebbe certo attirato le simpatie dell'opinione pubblica o dei loro superiori. I poliziotti con i megafoni gli intimarono di allontanarsi e minacciarono il lancio di gas lacrimogeni, inutilmente.

Per un'ora i due fronti si tennero le armi puntate addosso. Di tanto in tanto le urla si facevano più agitate e nervose, e bastava un movimento di persone o la manovra di un fuoristrada per far poggiare un dito su ogni grilletto. Gli uomini di Bundy manifestavano sentimenti apparentemente contraddittori. Da una parte c'era una spavalderia diventata ormai esaltazione irrazionale, alimentata dalla sensazione di non poter più tornare indietro. «Ho quattro agenti sotto tiro» disse un miliziano guardando nel mirino del suo fucile. «Al primo sparo premo il grilletto.» I loro cartelli e i loro discorsi parlavano apertamente di dittature e di governi da rovesciare. Dall'altra parte, tutti soffrivano di un vittimismo delirante. Si dicevano certi che alla fine il governo li avrebbe uccisi tutti, che sarebbero stati dei martiri. Certi che i media li avrebbero irrispettosamente descritti allo stesso tempo come bizzarri mattacchioni e pericolosi terroristi. Certi che nessuno avrebbe mai scoperto la verità. La parola che ripetevano di più era Waco. «Lo sappiamo cosa è successo a Waco». «Non vogliamo un'altra Waco.» «Faremo la fine di Waco.» Ma anche gli agenti e i media pensavano a quello che era successo a Waco. Erano passati poco più di vent'anni.

Waco è una città del Texas. A pochi chilometri da Waco una setta religiosa nata negli anni Cinquanta da uno scisma degli avventisti del Settimo Giorno – i «davidiani» – aveva costruito il suo rifugio e la sua sede, una specie di brutto residence circondato da un muro di cemento nel quale vivevano all'incirca un centinaio di persone. I davidiani pensavano che il ritorno di Cristo sulla Terra fosse imminente, e che con lui sarebbero arrivati il giudizio universale e la conseguente instaurazione del Regno dei cieli. Trascorrevano le giornate a leggere e studiare la Bibbia, ma non erano pericolosi né particolarmente ignoranti: i seguaci del culto interagivano senza problemi col mondo esterno, molti di loro lavoravano a Waco ed erano più istruiti di quanto si potesse immaginare. Per la gran parte della loro esistenza, i davidiani furono semplicemente una bizzarra attrazione locale.

Negli anni Ottanta si unì alla setta un ventenne carismatico che sedusse l'allora anziana leader del gruppo e poi, una volta morta la donna, ne diventò il capo con un colpo di mano. Le cose a quel punto cambiarono. L'uomo – all'anagrafe Vernon Wayne Howell, ma si faceva chiamare David Koresh – era un truffatore da due soldi. Si definì il messia, il profeta che avrebbe dovuto preparare i seguaci al ritorno di Cristo: e disse di essere stato scelto proprio in ragione dei suoi difetti, proprio perché era «il peggior peccatore in circolazione». Poggiando sul suo carisma e su un atteggiamento vagamente intimidatorio, Koresh invitò i davidiani a interrompere i legami col mondo esterno e raccontò che Dio aveva ordinato il celibato per tutti i seguaci del culto tranne che per lui, che invece avrebbe dovuto generare almeno ventiquattro figli perché potessero sedere sui ventiquattro troni del Paradiso descritti dalla Bibbia. Le donne del culto, a prescindere dalla loro età e dal fatto che fossero sposate o non sposate, avrebbero dovuto generare i suoi figli. Alcuni lasciarono il complesso dei davidiani dopo l'ascesa di Koresh, ma molti altri restarono. Quelli che se ne andarono raccontarono di varie violazioni amministrative dei davidiani – evasioni fiscali, abusi edilizi – ma soprattutto dissero alle autorità che Koresh costringeva le donne ad avere rapporti sessuali con lui, e che alcune delle sue «mogli» erano adolescenti. Inoltre, raccontarono che i davidiani avevano iniziato ad accumulare armi in vista di una imminente lotta tra il bene e il male, e una volta dentro il complesso le armi venivano modificate perché fossero più potenti e letali: la polvere da sparo acquistata regolarmente dai membri della setta, per esempio, veniva usata per fabbricare granate artigianali.

Le denunce arrivarono sui giornali e la pubblicazione dei primi articoli spinse l'opinione pubblica a chiedere alle autorità di intervenire. L'ATF, l'agenzia del governo responsabile per il controllo di armi ed esplosivi, ottenne un mandato di perquisizione e uno di arresto contro Koresh, e il 28 febbraio 1993 si mosse per evacuare il rifugio dei davidiani. Il governo immaginava che non sarebbe stato semplice, e sapeva che i davidiani avevano un arsenale, quindi il piano – poi criticato per la sua incoscienza – era usare l'effetto sorpresa ed entrare con la forza. Giudicando probabile un conflitto a fuoco, agli agenti fu ordinato di scriversi sul collo o sul braccio il gruppo sanguigno, per facilitare le trasfusioni in caso di ferite. Il blitz però fu un disastro: quando gli agenti arrivarono, i davidiani li stavano aspettando. Un cameraman in contatto con i davidiani si era lasciato sfuggire che la polizia stava per intervenire, e i poliziotti avevano chiesto indicazioni a un postino senza sapere che fosse il fratellastro di Koresh. Non si è mai capito chi sparò per primo, ma i due fronti smisero di scambiarsi colpi soltanto due ore dopo, quando ai poliziotti finirono le munizioni: quelle dei davidiani sembravano infinite. Alla fine della sparatoria restarono a terra i cadaveri di quattro agenti dell'ATF e sei davidiani. Fu allora che arrivò l'FBI.

Il complesso dei davidiani fu circondato dalla più grande operazione militare mai vista nella storia degli Stati Uniti contro dei civili: quasi novecento persone tra agenti dell'FBI, poliziotti della contea, della città e dello sceriffo, membri dell'esercito e camion pieni di armi circondarono la struttura, per una spesa di decine di milioni di dollari al giorno. Sia il governo che l'opinione pubblica erano terrorizzati che potesse ripetersi quanto era successo nel 1978 in Guyana, quando i novecentotredici seguaci di un altro leader carismatico, Jim Jones, si erano uccisi nel più grande suicidio di massa della storia moderna. L'obiettivo della missione era portare le persone fuori dal complesso, e vive. Insieme ai militari arrivarono i negoziatori, i migliori del paese, che per cinquantuno giorni parlarono, trattarono, litigarono con Koresh e i suoi rappresentanti.

I negoziati non hanno mai l'obiettivo di risolvere queste

crisi tutte in una volta, ma cercano di arrivarci con gradualità. Vi serve dell'acqua? Noi vi portiamo dell'acqua se voi liberate una persona. Volete che ci spostiamo da quella finestra? Noi ci spostiamo se voi lasciate per terra due delle vostre armi. Andare per le lunghe spesso non solo non è un problema, ma è l'obiettivo deliberato: col passare dei giorni all'esaltazione subentra la stanchezza – solo una delle due parti può rifornirsi di acqua e cibo e darsi il cambio – e le tensioni diminuiscono. Concessione dopo concessione, l'obiettivo è piegare la situazione a proprio favore un centimetro alla volta finché la crisi non si risolve quasi da sola, come quando si piega e si ripiega un pezzo di alluminio fino al punto in cui le due estremità semplicemente si staccano. Agli agenti sfuggì però un dettaglio fondamentale: dentro il complesso non c'erano ostaggi, ma fedeli. Non c'era nessuno che volesse essere liberato. Gli agenti non tennero in nessun tipo di considerazione la fede religiosa delle persone asserragliate, e quindi la dimensione irrazionale della situazione.

Davanti al quotidiano fallimento dei negoziati, l'FBI cominciò a usare tecniche più creative. L'edificio fu circondato da un impianto sonoro da concerto, che trasmetteva musica ad altissimo volume a ogni ora del giorno e della notte: soprattutto *These boots are made for walkin'* di Nancy Sinatra, ma anche canzoni di Natale e qualche canto popolare tibetano. Quando finiva la musica, le enormi casse diffondevano il rumore di aerei in partenza o i versi degli animali registrati durante la macellazione. Oltre al rumore, la notte l'intero complesso era illuminato a giorno con fari da stadio. L'obiettivo era stanare i davidiani togliendogli il sonno; il risultato fu far perdere del tutto la testa a un gruppo di persone già non completamente a posto.

Appurato il fallimento di queste strategie, oltre che dei negoziati, l'FBI si decise per un nuovo attacco. Alle otto di mattina del 19 aprile, due mezzi blindati praticarono due fori sui muri perimetrali della struttura e cominciarono a pompare all'interno gas lacrimogeno, allo scopo di costringere i davidiani a venir fuori. Non uscì nessuno. Gli agenti immaginarono che avessero trovato rifugio in un bunker, ma mentre progettavano la mossa successiva videro del fumo. Il complesso dei davidiani stava bruciando. L'incendio avvolse rapidamente tutti gli edifici; l'esplosione di un serbatoio di propano provocò dei crolli. Quando i vigili del fuoco riuscirono a spegnere l'incendio, dell'edificio non era rimasto niente. Gli agenti dell'FBI entrarono comunque con le armi spianate, certi che avrebbero trovato un bunker con i davidiani dentro e che ne sarebbe nata un'altra sparatoria, ma presto si accorsero che non era rimasto nessuno da stanare. I davidiani erano morti. Tutti. Settantasei persone, tra cui molte donne e venticinque bambini.

Le autopsie avrebbero poi mostrato che almeno venti persone, tra cui Koresh, erano state uccise da colpi di arma da fuoco o di coltello, probabilmente nel tentativo di evitare una morte più dolorosa. Un bambino di tre anni era stato accoltellato al petto. Gli altri erano stati intossicati dal fumo o sepolti dalle macerie o entrambe le cose, e poi bruciati. Le successive inchieste conclusero che i davidiani avevano cosparso di benzina l'intero edificio. Per una parte significativa dell'opinione pubblica questa storia tragica finì lì. Il governo avrebbe potuto gestire diversamente la crisi, e gli agenti si erano dimostrati inadeguati al compito, ma la prima responsabilità di quanto successo era senza ombra di dubbio dei davidiani e del loro leader David Koresh, «*the wacko from Waco*», il matto di Waco. Non per tutti.

Per una corposa minoranza di persone con idee molto conservatrici – complottisti di destra, gruppi a favore delle armi, instabili reduci di guerra, paranoici sostenitori dello «Stato minimo» – i fatti di Waco sarebbero diventati esemplari della violenza e della prepotenza con cui il governo federale opprimeva i diritti dei cittadini. In fondo cosa avevano fatto di male i davidiani se non esercitare due delle più sacre libertà americane, cioè professare il loro culto religioso e possedere armi? A chi davano fastidio? Questi argomenti furono rafforzati dagli evidenti errori compiuti dalle autorità, e la reticenza del governo nell'ammetterli alimentò ogni tipo di leggenda metropolitana. Si disse che l'FBI avesse usato i lanciafiamme per dare fuoco al complesso dei davidiani. Che decine di persone avevano provato a scappare dagli edifici in fiamme ma erano state uccise dai cecchini del governo. Qualcuno disse che tre dei quattro agenti morti nel primo raid avevano fatto parte della scorta di Bill Clinton, ed erano stati fatti fuori da altri agenti perché sapevano cose che non avrebbero dovuto sapere.

Nel giro di pochi anni nacquero o si rafforzarono in tutto il paese centinaia di piccole milizie spontanee, associazioni paramilitari che accumulavano armi e organizzavano sessioni di addestramento. C'erano gruppi sudisti che si rifacevano all'esercito confederato sconfitto durante la Guerra di secessione e altri di ispirazione neonazista; c'erano quelli che riprendevano simboli e slogan del Ku Klux Klan e altri che cominciavano già a parlare di «sostituzione etnica» e immigrati da cacciare. Qualcuno passò dalle parole ai fatti: il 19 aprile 1995, nel secondo anniversario della strage di Waco, due reduci di guerra parcheggiarono un furgone con due tonnellate di esplosivo davanti agli uffici del governo federale a Oklahoma City. Lo scoppio sventrò l'edificio e uccise centosessantotto persone. I due attentatori, Terry Nichols e Timothy McVeigh, dissero poi che l'attentato – il più grave avvenuto sul suolo statunitense prima dell'11 settembre 2001 – era una rappresaglia per il massacro di Waco. Agli occhi dei più estremisti, però, anche questi attentati erano un complotto del governo per giustificare la repressione delle milizie: e ripetono le stesse cose ancora oggi, dopo ogni strage compiuta con le armi da fuoco, sostenendo che siano operazioni messe in piedi dai federali allo scopo di costruire un pretesto che giustifichi l'approvazione di norme più stringenti sul controllo delle armi, il primo passo per l'instaurazione di una dittatura. La stessa paranoia riguarda ogni altra iniziativa del governo federale che possa essere giudicata come limitante della libertà dei cittadini e dell'autonomia dei singoli Stati: le tasse, ovviamente, ma anche i programmi di assistenza sanitaria, le linee guida sull'istruzione, le norme a tutela dell'ambiente.

Nel 2014, in Nevada, la strage di Waco non era viva soltanto nella memoria della famiglia Bundy e nei miliziani che erano arrivati da tutto il paese per lottare contro il governo federale. Dopo due ore di assedio con le armi puntate addosso, infatti, gli agenti decisero di sbaraccare e ritirarsi unilateralmente. I Bundy si ripresero il bestiame e la terra, e cantarono vittoria. Il governo decise di continuare la contesa esclusivamente sul piano burocratico e legale, arrivando al punto di mandare al ranch dei Bundy due agenti sotto copertura che si erano finti registi interessati a girare un documentario solidale alla loro causa, nella speranza – vana – che durante le interviste i Bundy confessassero di avere commesso dei reati. Due anni dopo, Ryan e Ammon Bundy radunarono una milizia e organizzarono l'occupazione di un edificio del governo in Oregon, per difendere due agricoltori accusati di appiccare incendi in terreni federali. L'occupazione si concluse con la resa progressiva di tutti i miliziani ma LaVoy Finicum, il *ranchero* dell'Arizona che aveva partecipato all'assedio del 2014 al ranch dei Bundy, uscendo dall'edificio infilò una mano in tasca e fu istantaneamente ucciso dagli agenti, che temevano stesse per estrarre una pistola. Le cause legali contro i Bundy nel tempo sono state archiviate, l'ultima nel 2018, tutte per vizi di forma o errori dell'accusa nel portare avanti le indagini.

I Bundy e le milizie armate rappresentano indubbiamente una piccola minoranza degli americani, per quanto rumorosa. Ma questo tipo di estremismo e paranoia non avrebbe mai attecchito dopo Waco se non ci fosse in America un più ampio contesto storico e culturale di avversione per l'invadenza delle autorità centrali nelle vite dei cittadini, senza conoscere il quale è impossibile comprendere il peculiare rapporto degli americani – anche quelli progressisti e che non farebbero male a una mosca – con il loro governo.

È innanzitutto una questione di dimensioni. Gli Stati Uniti hanno una superficie più ampia di quella della Cina, pur avendo meno di un quarto della popolazione. Il solo Texas è grande il doppio della Germania, ha due fusi orari, settecentotrenta aeroporti e dieci diverse regioni climatiche: e gli Stati Uniti sono grandi quattordici volte il Texas. Quando si viaggia in macchina attraverso gli Stati Uniti, inizialmente le distanze possono sembrare una cosa marginale, uno scomodo dato di fatto con cui fare i conti, al massimo la ragione per cui bisogna guidare parecchie ore per spostarsi da una città all'altra: a un certo punto però, un centinaio di chilometri dopo l'altro, una stazione di servizio dopo l'altra, queste grandi distanze cominciano ad acquisire un significato nuovo, e ci si chiede se l'America non sia soprattutto quello che sta in mezzo, tra un posto e l'altro. Per noi europei, abituati a vivere in contesti densamente popolati e generalmente urbanizzati, anche in provincia, è una condizione del tutto estranea: e anche rifuggendo la retorica da due soldi per cui il momento in cui ci si sposta è più importante del posto in cui si arriva, è vero che la cultura americana è anche il prodotto di un ambiente del genere.

Il punto non è solo che questo spazio apparentemente infinito abbia convinto nel corso dei secoli le persone a sentirsi il più possibile autosufficienti, soprattutto fuori dalle città: è che per molto tempo è stato effettivamente così. Se ancora oggi gli americani chiamano Midwest una regione che in realtà si trova a est del paese, è perché per parecchi anni l'America in quanto tale esisteva solo nella costa orientale: il Michigan, il Wisconsin, l'Ohio e l'Illinois per gli americani erano già Ovest, per quanto tecnicamente non lo fossero. In tutto questo, l'Ovest non era semplicemente il West: era il Far West, la frontiera, una regione lontana, selvaggia e inesplorata, dove ognuno doveva essere in grado di badare a se stesso perché lo Stato semplicemente non c'era e la massima autorità, ammesso che ci fosse, era lo sceriffo.

Alle dimensioni si unisce la storia: per chi si era appena guadagnato l'indipendenza da un sovrano prepotente e oppressivo – peraltro proprio a partire da una questione di tasse, con la rivolta del tè a Boston – l'idea di allestire un nuovo potere prepotente e oppressivo era intollerabile. La venerata cultura imprenditoriale statunitense, con la sua enfasi sulla libertà d'impresa, sul *laissez faire*, sul valore del sacrificio individuale e della concorrenza, così come lo straordinario ingegno che permette ancora oggi agli americani di sfornare ogni anno una quantità di idee, brevetti, invenzioni, intuizioni e premi Nobel che non ha paragoni nel pianeta, affonda le sue radici in questo contesto. In gran parte degli Stati Uniti da secoli si guarda al Congresso e alla Casa Bianca con una distanza e uno scetticismo in buona parte indipendenti dal fatto che a Washington comandino i democratici o i repubblicani. Se in Europa l'invocazione più comune delle popolazioni nei confronti dei loro governi è «occupatevi di noi», negli Stati Uniti è «lasciateci in pace». Anche la più sensata e innocua legge federale viene vista da molti americani con qualche fastidio, sulla base della profonda convinzione di essere perfettamente in grado di badare a se stessi, di non avere bisogno di qualcuno che a Washington stabilisca cosa fare e come farlo.

Pur con qualche tragica e colossale contraddizione come la schiavitù – ne parleremo – l'idea attorno alla quale è nato il predominio economico statunitense è la libertà: la libertà di pagare meno tasse possibile e decidere autonomamente se investire i propri soldi per costruirsi una pensione o per curarsi, senza che debba occuparsene lo Stato come fosse una mamma; la libertà di fare quello che si vuole del pezzo di terra che si possiede, senza dover chiedere permessi a qualcuno per costruirci sopra una casa; la libertà di difendere la proprietà privata come meglio si crede, quindi anche con le armi, senza affidarsi necessariamente a un'autorità che comunque sarà riconosciuta fino a un certo punto. La stessa schiavitù portò a una Guerra di secessione perché non ci fu altro modo di decidere quale libertà dovesse prevalere tra quella dei neri e quella dei singoli Stati di decidere cosa fare dei neri. Se in Europa le nazioni hanno sempre avuto il monopolio dell'esercizio della forza, e questo è caduto sotto il controllo popolare soltanto dopo l'arrivo della democrazia, in America è avvenuto l'opposto: gli americani hanno esplorato e conquistato chilometri e chilometri quadrati di territorio, da soli e ben armati, molto prima che nascessero gli Stati Uniti d'America nella forma in cui li conosciamo.

Nel corso degli anni le cose naturalmente sono cambiate. Tra la Prima e la Seconda guerra mondiale, la popolazione si riunì attorno al governo federale, che era appena riuscito a tirarla fuori dalla Grande depressione attraverso i forti investimenti del New Deal. Il presidente Franklin Delano Roosevelt fu eletto alla presidenza addirittura quattro volte e lasciò la Casa Bianca solo al momento della morte, nel 1945. L'opinione degli americani nei confronti del governo restò positiva fino agli anni Sessanta, complice la lunga stagione di pace e il boom economico, ma cominciò a incrinarsi pesantemente con la guerra del Vietnam e poi con il caso Watergate. Lo sconcerto per lo scandalo che costrinse il presidente Richard Nixon alle dimissioni portò all'elezione di Jimmy Carter ma ebbe la sua più duratura conseguenza pochi anni dopo nell'elezione di un presidente che usò il suo discorso di insediamento, quello con cui inaugurò il suo mandato al vertice del governo statunitense, con una frase che avrebbe segnato un'epoca: «Il governo non è la soluzione al nostro problema. Il governo è il problema». Da Ronald Reagan in poi il principale obiettivo della destra statunitense è sempre stato ridurre le dimensioni del governo e soprattutto il suo ruolo nella vita pubblica

Anche perché, col passare del tempo, la sfiducia dei cittadini nei confronti del governo è ulteriormente cresciuta: dal fallimento nel prevenire gli attentati dell'11 settembre alle disastrose e tardive operazioni di soccorso dopo l'uragano Katrina, fino alle sanguinose e infinite guerre in Iraq e in Afghanistan, il governo federale è diventato per molti sinonimo di inefficienza e sprechi, oltre che di arroganza e invadenza. Questo sentimento di ostilità, che è forte soprattutto nella destra, coinvolge anche ogni genere di programma federale di welfare: i tagli fiscali per le famiglie a basso reddito, i sussidi di disoccupazione, i piani sanitari agevolati per gli anziani e i più poveri. Il razzismo ha un ruolo, come in qualsiasi cosa negli Stati Uniti, visto che i neri sono tra i principali destinatari di queste misure, essendo il segmento di popolazione in assoluto più povero; ma gli studi mostrano che anche tra i neri l'ostilità verso il welfare cresce con il crescere del reddito.

Durante la campagna elettorale del 2012, a un certo punto trapelò un video che mostrava Mitt Romney, il candidato del Partito repubblicano che aveva sfidato Barack Obama, rivolgersi a porte chiuse a un gruppo di suoi sostenitori. Il suo discorso era esemplare e rivelatore di questo stato d'animo. «C'è un 47 per cento di persone che voteranno per il presidente in qualsiasi caso. C'è un 47 per cento di persone che stanno dalla sua parte perché dipendono dal governo, perché si ritengono delle vittime, perché credono che il governo abbia la responsabilità di occuparsi di loro, che credono di avere il diritto a copertura sanitaria, cibo, casa, qualsiasi cosa. Che sia un diritto e che il governo dovrebbe fornirgli tutto.» Romney perse quelle elezioni, forse anche per questo discorso: reduce dalla peggior crisi economica del dopoguerra, la maggioranza degli americani preferì non affidarsi al sostenitore di un capitalismo così spietato e rapace.

Ma per quanto il malanimo verso il governo federale riguardi soprattutto la destra, questo sentimento è più bipartisan di quanto si possa immaginare. Lo sviluppo economico delle imprese tecnologiche californiane, per esempio, si basa quasi interamente sul concetto di *disruption*, cioè su innovazioni che provochino la rottura e lo sgretolamento non solo delle rendite di posizione e degli equilibri di mercato, ma anche dei sistemi legislativi che regolavano quegli equilibri (basti pensare a Uber, per esempio). I prezzi esposti dai negozi sono al netto delle tasse, come scopre chiunque abbia comprato qualcosa in America: d'altra parte quei soldi in più li chiede e il prende il governo, non l'impresa. E nessuno è particolarmente felice di pagarle, in generale, le tasse: nemmeno a sinistra. In una famosa scena di *West Wing – Tutti gli uomini del presidente*, la serie tv che a cavallo tra gli anni Novanta e Duemila ha raccontato la politica statunitense meglio di qualsiasi altra, un importante funzionario dell'amministrazione Bartlet – un illuminato presidente democratico interpretato da Martin Sheen – risponde alle legittime domande della sua assistente davanti al primo surplus di bilancio in trent'anni. I repubblicani vorrebbero usare il denaro in eccesso per tagliare le tasse, in qualche modo restituendo ai cittadini quello che hanno versato in più del necessario, e per quanto l'assistente sia una convinta democratica l'idea le sembra sensata. Il funzionario non è d'accordo. «Cosa c'è di male nel darmi indietro i soldi?» chiede l'assistente. «Non li spenderesti bene.» «Cioè?» «Supponiamo che ti spettino 700 dollari. Io vorrei prendere i tuoi 700 dollari, metterli insieme a quelli che spettano a tutti gli altri, e usarli per ridurre il debito pubblico e rafforzare la previdenza sociale. Tu cosa ci faresti?» «Mi comprerei un lettore DVD.» «Vedi?» «Ma i miei 700 dollari andrebbero alle persone che costruiscono e vendono i lettori DVD!» «Il problema è che il tuo lettore DVD sarebbe probabilmente costruito in Giappone.» «Allora ne comprerò uno americano.» «Non ci fidiamo.» «Perché?» «Perché siamo democratici.» «Rivoglio indietro i miei soldi!» «Non avresti dovuto votare per noi.»[1]

Oggi i sondaggi dicono con una certa continuità che solo un americano su cinque vede con favore le attività del governo federale. Ognuno ha le sue ragioni, ma anno dopo anno, elezione dopo elezione, questo sentimento si è tradotto nel ridimensionamento progressivo del governo e quindi della sua capacità di risolvere i problemi dei cittadini: che per reazione si arrabbiano ancora di più col governo, e votano chiunque gli prometta di smantellare gli uffici federali di Washington, come in una perenne profezia autoavverantesi. D'altra parte, se si sostiene che non esistano problemi collettivi bensì solo problemi individuali – che si potrebbero evitare se le persone si prendessero «la responsabilità di pensare alle proprie vite» – si ottiene inevitabilmente lo sgretolamento della capacità di individuare i problemi collettivi prima ancora che risolverli. Il caso appena visto degli abusi di farmaci a base di oppiacei ne è un esempio tragico, presto ne vedremo molti altri.

Questi sentimenti profondi sono cresciuti con l'arrivo di Barack Obama alla Casa Bianca. Un nero del Partito democratico che ha riformato la sanità costringendo tutti gli americani a stipulare una polizza assicurativa, che ha varato un grande piano di investimenti in deficit per fermare la crisi economica, che aveva l'obiettivo dichiarato – e fallito – di ridurre il numero di armi in circolazione e in generale di rafforzare il governo federale a scapito dell'autonomia dei singoli Stati non poteva essere visto che come fumo negli occhi dai teorici dello *small government*, cioè del governo federale più piccolo e innocuo possibile. Non è un caso, infatti, se con l'elezione di Obama anche le milizie hanno vissuto una rinascita e il Partito repubblicano è diventato più integralista grazie all'emersione del cosiddetto «Tea Party», una corrente che ha preso il nome dalle fondative proteste di Boston per il tè ma anche dall'acronimo *Taxed Enough Already*: già abbastanza tassati. Queste persone non hanno visto nell'elezione di Obama soltanto la minaccia di un governo intenzionato a recuperare la sua centralità e intervenire più di prima nelle vite degli americani, ma anche – come vedremo tra poco – la prova e l'esempio di una serie di cambiamenti radicali che il paese sta già attraversando. E che, secondo loro, vanno combattuti a qualsiasi costo.

III

L'America nuova

Il sabato di Pasqua del 2018 quattro ragazzine attorno ai quattordici anni, appena uscite dalla chiesa di una grande città statunitense, si diressero verso una gelateria per comprare dei *cookies*, i tipici biscottoni americani. La gelateria è una piccola istituzione di un quartiere residenziale e borghese; il sabato la fila si allunga spesso fino al marciapiede. Poco dopo aver preso posto in coda, le ragazze udirono del baccano. Ci misero un attimo a rendersi conto che qualcuno alle loro spalle stava urlando, e poi che stava urlando proprio rivolgendosi a loro. Una donna sulla quarantina, alta, capelli corti, marito e due figli al seguito, aveva un pugno minacciosamente puntato verso l'alto e le fissava. «Le prendo per la fica! Le prendo per la fica! *Woohoo! Make America Great Again!*» Le ragazzine si guardarono perplesse, «ce l'ha con noi?». Una prese il cellulare e chiamò la mamma. Un'altra la interruppe dopo pochi secondi. «Sei tu, è la tua maglietta!» La maglietta incriminata, che le era stata portata da uno zio come souvenir da Washington DC, portava stampate sopra cinque lettere: TRUMP.

«Le prendo per la fica» era una citazione, diciamo. È la famigerata frase che Donald Trump disse nel 2005 nel backstage di una trasmissione televisiva, credendo che il suo microfono fosse spento, vantandosi di come «Se sei famoso, puoi fare alle donne quello che vuoi». Il video venne inviato da qualcuno al «Washington Post» nell'ottobre 2016, a pochi giorni dal voto per le presidenziali, e scosse la campagna elettorale al punto che alcuni dirigenti del Partito repubblicano chiesero a Trump di ritirarsi. Altri tempi. A proposito di altri tempi: venti o trent'anni fa, questa storia sarebbe finita qui, ammesso che avesse avuto dignità di storia. Sarebbe stata sicuramente troppo poco persino per un trafiletto sui giornali locali: al massimo un pettegolezzo di quartiere. Ma eravamo nel 2018 e quindi il giorno successivo, la domenica di Pasqua, apparve questo post in un gruppo Facebook frequentato dalle mamme della zona.

«Io non lo so cosa sta diventando questo paese. Mia figlia, 14 anni, è andata con tre amiche in gelateria. Una di loro aveva una maglietta di Trump. Una signora orribile – apparentemente con un bambino piccolo... – ha cominciato a urlargli contro delle oscenità. Per una maglietta. Hanno 14 anni. In gelateria. Seriamente?»

Quello che accadde dopo è esemplare della nostra epoca, negli Stati Uniti e non solo, per molte ragioni diverse. «È un comportamento imperdonabile» diceva un commento. «Questa donna va ricoverata» scriveva un'altra persona. «Mi preoccupa il fatto che possa terrorizzare qualche altro bambino lì fuori. Il pensiero che quella donna possa stare intorno ai bambini della nostra comunità mi turba, sinceramente.» Il post diventò virale prima nel quartiere e poi in città. La donna venne velocemente identificata, anche perché le ragazzine l'avevano fotografata e aveva una qualche notorietà in zona: Kellye Burke, consigliera di quartiere. Condividendo il post originale, qualcuno cominciò ad aggiungere la foto e il nome della donna. La storia travalicò i confini della città, e i post su Facebook quelli della decenza. Nei commenti arrivarono le prime minacce e i primi insulti. «Matta isterica», «faccia da cavallo», «demente». Altri risposero, qualcuno iniziò a litigare. «Questo è quello che Trump sta facendo al nostro paese», «Come si fa a far uscire di casa una quattordicenne con una maglietta di Trump?», «Ma non starete esagerando?» C'era un precedente, ad agitare ulteriormente gli animi: un mese prima, nella stessa città, un uomo era stato cacciato da un ristorante perché indossava una maglietta con scritto «Fuck Trump».

Kellye Burke è una casalinga e un'attivista. Fa parte del gruppo cittadino delle Mamme contro le armi, è stata eletta nel consiglio di quartiere: non è iscritta al Partito democratico ma quelle sono le sue idee. È molto attiva su Facebook, dove pubblica soprattutto post e meme contro Trump; chi la conosce la descrive come una donna affettuosa ed estroversa, qualcuno che non ha senso temere, ma che si scalda troppo quando parla di politica, soprattutto da quando c'è Trump alla Casa Bianca. Aveva dimenticato quel breve episodio in gelateria quando domenica pomeriggio un'amica le mandò su WhatsApp uno screenshot del post pubblicato su Facebook, avvertendola anche che qualcuno aveva messo sui social network il suo indirizzo e il suo numero di telefono. Ripensando all'accaduto a mente fredda, e immedesimandosi per la prima volta nelle quattro ragazzine umiliate in pubblico e nei loro genitori, Kellye Burke capì di aver fatto una grande stupidaggine, e sempre su Facebook scrisse un messaggio di scuse all'autrice del post, chiedendo di poter raggiungere anche la mamma della ragazzina con la maglietta di Trump. «Sono mortificata per aver turbato così la tua famiglia. Prendo molto sul serio le molestie sessuali e per questo ho urlato quella frase. Non volevo minacciare le ragazze, volevo fare del sarcasmo. Mi dispiace moltissimo. Sto morendo per l'imbarazzo. Possiamo vederci e parlarne con calma?» Kellye Burke e i genitori della ragazzina si incontrarono in una caffetteria dopo poche ore, scuse accettate e caso chiuso. Quasi. Prima di salutarsi, infatti, il padre della ragazzina le disse: «Sei fortunata, comunque. Le altre mamme sono molto più arrabbiate».

La casa della famiglia Burke cominciò a essere raggiunta da telefonate offensive e minatorie, provenienti prima dal resto della città e poi da tutto il paese. I tentativi di scusarsi con le mamme delle altre ragazzine furono equivocati, mentre attorno montava un'indignazione rabbiosa degna di cause migliori, e lunedì mattina due di loro andarono alla polizia per sporgere denuncia. *Disorderly conduct*, disturbo della quiete pubblica. Fu allora che arrivarono i giornalisti. I primi articoli uscirono sulla stampa locale, e anche quelli circolarono moltissimo sui social network: era una storia perfetta, la politica e le persone, la vita di quartiere e le responsabilità dei genitori, «cosa siamo diventati?». Qualcuno twittò gli articoli taggando Donald Trump, nella fondata speranza che li rilanciasse lui stesso. Nel giro di poche ore la storia fu ripresa dalla stampa nazionale. Quella di destra le dedicò molto spazio, da Fox News a Infowars, presentandola come l'ennesimo esempio dell'intolleranza dei democratici; i programmi televisivi della mattina le dedicarono interi segmenti. «Consigliera comunale texana accusata di aver aggredito verbalmente una ragazzina che indossava una maglietta di Trump.» La notizia fu rilanciata su Twitter da politici e opinionisti di destra, che la fecero rimbalzare verso i loro milioni di follower. «L'ennesima prova che i veri intolleranti sono a sinistra.» Per ultimi arrivarono i più neutri e autorevoli giornali internazionali, interessati non tanto alla questione in sé ma a come l'aneddoto fosse esemplare del clima politico del paese, anche fuori da Washington.

Nessuna testata contattò Kellye Burke per avere la sua versione. La stampa si limitò a copincollare quello che era già uscito altrove: per il divertimento degli adulti era più che sufficiente. La famiglia di Kellye trascorse una settimana con i giornalisti appostati fuori di casa, le telefonate minatorie che continuavano, i profili social sommersi di minacce e insulti, gli sguardi infastiditi dei passanti che si alternavano agli incitamenti e trasformavano ogni passo in una potenziale rissa, con lei al centro; al consiglio di quartiere venne presentata una mozione che chiedeva addirittura le sue dimissioni. Una situazione di nervosismo crescente che sembrava non potesse che avere un esito fragoroso. Una resa dei conti col quartiere. Un'aggressione vera. Un matto con un fucile. Eppure non accadde nulla. Col passare dei giorni le pressioni cominciarono a diminuire. I giornalisti sbaraccarono. La denuncia fu rapidamente archiviata, la richiesta di dimissioni fu bocciata. L'indignazione popolare trovò un nuovo bersaglio e le attenzioni si diressero disordinatamente altrove, come uno sciame di insetti. Il caso dell'adolescente insultata per una maglietta di Trump non trovò più spazio sui giornali, era diventato una notizia vecchia: avanti il prossimo.

Questa storia somiglia a molte altre, e mostra innanzitutto come la politica di questi tempi e la sua macchina da indignazione perpetua – di destra e di sinistra – da qualche anno stia avendo effetti tossici nelle vite delle persone e delle loro comunità. Insoddisfazioni, rabbie e frustrazioni a volte anche molto personali possono restare latenti, inespresse, come sospese, finché non trovano un qualsiasi episodio in cui incanalarsi ed esplodere con violenza sproporzionata: necessariamente sproporzionata, perché lo specifico caso che l'ha innescata c'entra solo fino a un certo punto. La scintilla nasce spesso su esplicita indicazione dei media o dei politici, che ne producono quotidianamente per ragioni di business o di consensi personali, sperando che qualcuna attecchisca; una volta partita la prima fiammella, i social network la trasformano a gran velocità in un incendio. Ma questa storia in particolare ci dice anche qualcosa sull'America, perché è accaduta a Houston. Cioè in Texas.

In Texas, la politica è dominata da decenni dal Partito repubblicano. La battaglia tra i partiti per moltissimo tempo non è stata particolarmente accesa, quando addirittura non c'è proprio stata del tutto: dato che la maggioranza schiacciante degli elettori l'ha pensata a lungo allo stesso modo, e il risultato di ogni voto è stato per questo scontato, in tantissime elezioni locali il Partito democratico non ha nemmeno presentato dei candidati, non trovando nessuno disposto a fare l'agnello sacrificale, e i partiti e leader nazionali non hanno ritenuto utile investire tempo, attenzioni e risorse. In Texas vincono i repubblicani, punto. Le campagne elettorali a volte non si percepiscono nemmeno, se non per qualche cena di raccolta fondi nelle grandi città; e può capitare che politici texani di cui per qualche motivo si parla sui giornali di tutto il mondo – come accadde con Beto O'Rourke nel 2018, più avanti vedremo perché – rimangano sconosciuti per una parte rilevante degli stessi abitanti del Texas. Insomma, fino a qualche anno fa difficilmente in Texas una ragazzina con il nome del presidente repubblicano sulla propria maglietta avrebbe rischiato di essere redarguita in pubblico, soprattutto in un quartiere benestante popolato per il 90 per cento da bianchi; e ancora più difficilmente quel caso avrebbe fatto litigare l'intero Stato o quasi per una settimana. Se oggi accade, non è solo per via di Trump. Il Texas sta cambiando. E quando si parla della distanza tra l'America che crediamo di conoscere e l'America com'è veramente, non ci sono posti più esemplari.

Il Texas è il vero centro di gravità della politica americana; è un luogo che più volte ha precorso tendenze e fenomeni che poi sono arrivati altrove. È uno Stato di confine, è il fronte in cui si combatte ogni battaglia politica sull'immigrazione e dove Donald Trump vuole costruire il muro; ma è anche lo Stato in cui una vastissima, integratissima e fondamentale comunità di immigrati e americani di seconda generazione sta trasformando tutto, come e più che nel resto del paese. La sua cultura è quintessenzialmente statunitense. «I texani» ha scritto il premio Pulitzer Lawrence Wright «si considerano un distillato delle migliori qualità dell'America. Amichevoli, sicuri di sé, laboriosi, patriottici, semplici. Gli altri li considerano la carta d'identità dell'intera nazione, e pensano che il Texas sia un posto in cui gli impulsi più sconclusionati e rinnegati dal resto del paese possano scatenarsi. Pensano che i texani celebrino inconsapevolmente l'individualismo e vedano il governo come una specie di kriptonite che indebolisce le imprese. Siamo noti per essere sfacciati e spavaldi; incuranti del denaro e della nostra vita personale; un po' creduloni, ma comunque gente che è meglio non fare arrabbiare; insicuri, ma ossessionati dal potere e dal prestigio.»[1] C'è molto di vero.

In Texas c'è un patriottismo così esagerato e al tempo stesso poco dogmatico da risultare persino affascinante: forse per la celebratissima storia dello Stato, che si guadagnò la libertà dal Messico con una rivoluzione e restò indipendente per anni nonostante la nascita degli Stati Uniti. C'è un panorama geografico così maestoso e complesso – dal deserto al Rio Grande, dai Monti Guadalupe alle foreste subtropicali, dalle paludi alle pianure – che è difficile non mettere in relazione alla sbruffonaggine dei suoi abitanti: e anche chi arriva, specialmente chi arriva dall'Europa, non può fare a meno di notare quanto sia grande in ogni momento la quantità di cielo con cui riempirsi gli occhi. C'è una fiducia incrollabile nei propri mezzi che permette di restare attaccati con tutte le proprie forze alla tradizione e poi a un certo punto, all'improvviso, cambiare con uno strappo. C'è la forza brutale del capitalismo statunitense, con i cambiamenti entusiasmanti che è in grado di innescare e le sue enormi contraddizioni. In nessun altro posto come il Texas si può osservare una versione in miniatura degli Stati Uniti.

In miniatura per modo di dire. Il più grande Stato americano escluso l'Alaska, il più popoloso dopo la California, per decenni il Texas ha trovato posto nel nostro immaginario quasi esclusivamente come il luogo dei ranch e del caldo torrido, dei cowboy a cavallo e dei pozzi di petrolio, dei cactus e del deserto, della musica country e dei rodei. Le strade dritte per decine di chilometri che finiscono soltanto all'orizzonte, gli sceriffi a proteggere l'ordine e i politici vestiti come sceriffi, con le camicie a quadrettoni, i cappelli a tesa larga e la pistola in vista. Ora, non che tutte queste cose in Texas non ci siano. Il Texas è lo Stato americano con più fattorie e con più capi di bestiame, è quello che incassa di più dagli allevamenti ed è il secondo per introiti dall'agricoltura; è quello che «produce» più mucche, cavalli, pecore e capre, se così si può dire, nonché di conseguenza quello che produce più lana, più cotone, più latte e più fieno. I cowboy a cavallo che governano le mandrie, insomma, ci sono ancora.

Quanto al petrolio, poi, è la singola cosa che da sola ha dato forma al Texas. Tutto cambiò nel 1892, quando tre texani decisero di formare una società per trivellare una zona nei pressi di Houston, e vedere se davvero sottoterra ci fosse del petrolio come dicevano certe vecchie storie. Per diversi anni spesero un sacco di soldi senza trovare niente. Li prendevano in giro. Soltanto nel 1901, a Spindletop, durante una delle molte trivellazioni esplorative di quegli anni, a un certo punto un buco cominciò a vomitare fango, finché un rombo che sembrava provenire dalle viscere della terra annunciò uno schizzo di petrolio alto cinquanta metri. Ci vollero nove giorni per governarlo: all'epoca fu la più grande scoperta di petrolio della storia. Nel giro di pochi mesi si cominciò a trivellare dappertutto, nacquero aziende gigantesche e altre a gestione familiare. Chiunque possedeva un pezzo di terra sperava – e spera ancora – di trovarci sotto qualcosa che lo facesse diventare ricco.

Il boom del petrolio rese gli Stati Uniti il più grande produttore di greggio al mondo, ed ebbe un impatto impossibile da sovrastimare sul Texas e sulla sua economia. La zona superurbanizzata di Houston e tutta la regione orientale fino a Galveston, vicino al confine con la Louisiana, esistono nella loro forma attuale a causa del petrolio e della ricchissima industria che ci è nata attorno, che ha trasformato centinaia di chilometri quadrati di campi più o meno incolti in una distesa di grattacieli e impianti di trivellazione; e ancora oggi, guidando per le strade del Texas, capita di vedere anche pozzi molto più piccoli, operati da una o due famiglie. Se fosse una nazione autonoma, il Texas sarebbe il sesto più grande produttore di petrolio al mondo.

Eppure c'è altro: ed è qui che cominciano la diversità del Texas e le sue grandi trasformazioni odierne. Le storie delle regioni ricche di risorse naturali, infatti, di solito tendono ad assomigliarsi: scoprirsi seduti sopra una tale fonte di ricchezza comporta ovviamente moltissimi vantaggi, ma espone inevitabilmente a patologie come la corruzione e fenomeni sui quali non è possibile esercitare nessun controllo, come le fluttuazioni internazionali dei prezzi. Alla lunga, poi, questa fortuna disincentiva lo Stato e i cittadini dagli investimenti in altri settori: quando i soldi crescono letteralmente dal terreno non ci sono ragioni abbastanza forti per sbattersi a inventare qualcos'altro, salvo accorgersi a un certo punto – e sempre troppo tardi – che sarebbe stato necessario attrezzarsi. Lo stesso accade alle regioni in cui lo sviluppo economico avviene esclusivamente attorno a un singolo settore industriale, che sia quello minerario o l'industria dell'auto. In Texas no.

In Texas, da decenni l'impatto dell'industria del petrolio scende con regolarità, mentre con la stessa regolarità la sua economia diventa più ricca e più grande. Oggi il Texas è anche uno dei primi Stati americani per produzione di energie rinnovabili, con alcune delle centrali eoliche più grandi del mondo e la più alta produzione di energia eolica negli Stati Uniti; la grandissima quantità di bestiame fornisce biomasse e gli studi dicono che il Texas ha il più alto potenziale degli Stati Uniti per la produzione di energia solare, che solo da poco si è cominciato a sfruttare davvero. Non è finita: oggi il Texas ha un'industria tecnologica tra le più avanzate al mondo, soprattutto nel campo delle biotecnologie, e supera il più noto settore californiano in termini di esportazioni di semiconduttori. Ospita le sedi di grandi società come Dell e AT&T, per non parlare ovviamente della NASA: basti pensare alla battuta più famosa dei film di esplorazioni spaziali, «Houston, abbiamo un problema». Nel 2011 la California attraversava un momento economicamente così complicato che il suo allora vicegovernatore super-democratico, l'attuale governatore Gavin Newsom, chiese un incontro al governatore del Texas, il super-repubblicano Rick Perry, per farsi dare qualche consiglio. Quando tornò in California, raccontò: «Loro sono aggressivi, noi no. Loro sanno quello che vogliono, noi no».

Insomma, dal punto di vista economico il Texas va molto oltre il petrolio e il bestiame ed è molto più variegato, interessante e dinamico di quanto si possa immaginare, tanto che oggi ha un prodotto interno lordo più alto di quelli dell'Australia e della Corea del Sud. Inevitabilmente questa forza nel corso dei decenni ha attratto milioni di persone da ogni angolo degli Stati Uniti e del mondo, perpetuandosi ma allo stesso tempo cambiando per sempre la popolazione del Texas, che aumenta a una velocità straordinaria: dal 2010 al 2016 è stata ogni anno quella con la maggior crescita di tutti gli Stati Uniti. Di questo passo da qui al 2050 avrà più di cinquanta milioni di abitanti, più o meno quanti quelli di New York e della California messi insieme. La zona di Austin oggi ha la più alta crescita della popolazione in tutti gli Stati Uniti ed è una delle città più hipster e di sinistra d'America, accogliente, allegra e politicamente impegnata, con la musica dal vivo ovunque a ogni ora e il South by Southwest, il popolarissimo festival annuale di musica, cinema e tecnologia che attira persone da ogni angolo del mondo. Le tratte aeree che collegano San Francisco a Austin e San Antonio sono tra quelle che guadagnano più passeggeri ogni anno. La zona di Houston – una delle più popolate degli Stati Uniti – ha gli abitanti più etnicamente variegati e diversi del paese.

E chi sono queste persone? Una risposta sbrigativa sarebbe «gli immigrati» o «i figli degli immigrati», ma negli Stati Uniti tutti sono immigrati o figli o nipoti o pronipoti di immigrati, fatta eccezione per la derelitta ed esigua minoranza dei nativi americani. Un'altra risposta sbrigativa, per quanto più precisa, sarebbe «quelli che non sono bianchi»: afroamericani o latinoamericani. Ma anche questa non sarebbe completa. Secondo i dati ufficiali del 2017, l'aumento della popolazione in Texas è conseguenza di una crescita naturale per il 52,5 per cento (i texani fanno più figli, soprattutto quelli di origini latinoamericane), dell'immigrazione nazionale per il 20,2 per cento (cioè cittadini statunitensi – spesso relativamente giovani e con buoni titoli di studio – che si trasferiscono in Texas da altre parti dell'America) e per il 27,6 per cento dell'immigrazione internazionale (cioè persone che arrivano dall'estero, soprattutto dal Messico e dall'America centrale, ma anche dall'Europa e dall'Italia). Chi arriva si stabilisce quasi sempre nelle città o nelle grosse zone suburbane che le circondano. Una volta arrivate, nel giro di qualche tempo queste persone abbracciano senza grandi difficoltà la fortissima identità locale, *diventano* texane: e il Texas diventa qualcos'altro. Mike Wilson, il direttore del «Dallas Morning News», il più grande, antico e premiato quotidiano del Texas, pensa per questo che l'unica cosa che unisca davvero tutti i texani – dai cowboy della Hill Country agli hipster di Austin, dai latinos di El Paso ai businessman di San Antonio e Houston – sia l'orgoglio di essere texani. Facendo propria questa identità, queste persone contribuiscono ad arricchirla e cambiarla.

È un cambiamento innanzitutto demografico. Di questo passo, nel 2022 le persone di origini latinoamericane saranno il segmento più ampio del Texas; lo Stato che peraltro insieme alla Florida ha i tassi più alti di crescita tra le persone non bianche. Nella contea di Harris, quella che comprende la città di Houston, già oggi i bianchi sono la maggioranza solo tra chi ha più di sessantatré anni; tra chi ne ha meno di diciannove, invece, il 70 per cento sono neri o latinoamericani. Le cosiddette minoranze etniche molto presto non saranno più minoranze, ma anche fare queste distinzioni sta diventando sempre più complicato: in un contesto del genere, in cui una parte rilevante dei texani arriva da fuori e un matrimonio su cinque è misto, le identità sono fluide, si mescolano, diventano sempre più complesse da indagare e sondare con strumenti e classificazioni del secolo scorso. E fanno evolvere i rapporti di forza di una società.

Dalla fine degli anni Sessanta fino agli anni Dieci inoltrati di questo millennio, il dominio politico dei repubblicani in Texas si è basato infatti su uno schema apparentemente inscalfibile: le città sono e sarebbero rimaste in mano ai democratici, con la loro popolazione liberale e multietnica, ma le zone suburbane – i piccoli comuni e le zone residenziali attorno alle grandi città – sono e sarebbero rimaste in mano ai repubblicani, insieme naturalmente alle campagne e alle zone rurali, e sarebbe bastato. Il tasso di natalità, più alto fuori che dentro le città, avrebbe fatto il resto. Ha funzionato a lungo, finché non ha funzionato più. «Vent'anni fa nessuno avrebbe potuto immaginare la strepitosa crescita economica e demografica che il Texas ha attraversato» ha detto Phil King, un dirigente del Partito repubblicano che per anni si è occupato del disegno dei collegi elettorali in Texas. «È un cambiamento magnifico, intendiamoci. Ma ha stravolto il voto.»[2]

Hillary Clinton ha perso in Texas alle elezioni presidenziali del 2016, come previsto, ma prendendo più voti di quanti ne avesse presi Barack Obama nel 2008 e nel 2012, e con un distacco di nove punti percentuali; più o meno quello con cui ha perso in Ohio, tradizionalmente e pigramente indicato come lo Stato in bilico per eccellenza da chi non si è accorto di queste gigantesche trasformazioni. Alle elezioni di metà mandato del 2018 un candidato al Senato del Partito democratico, Beto O'Rourke, è arrivato a solo un punto percentuale dalla vittoria contro il senatore uscente del Partito repubblicano, peraltro un personaggio nazionale potente e influente come Ted Cruz. In tutto questo, la crescita della popolazione nelle aree metropolitane è stata così travolgente e imprevista che ha reso contendibili i seggi alla Camera espressi da otto collegi che fino a qualche anno fa erano considerati saldamente in mano al Partito repubblicano. Alle elezioni di metà mandato del 2018 due di questi sono già passati al Partito democratico e altri lo faranno in futuro, anche perché – rischiando una storica sconfitta – diversi deputati repubblicani stanno decidendo di rinunciare alla ricandidatura. Prima del 2018 il deputato Pete Olson del Partito repubblicano, giunto al suo quarto mandato, non aveva mai vinto un'elezione con meno di diciannove punti di vantaggio sul suo sfidante. Nel 2018 i punti di distacco sono stati meno di cinque. Nel 2020 non si ricandiderà. Non lo farà nemmeno Kenny Marchant, che dal 2004 rappresentava un pezzo di Dallas.

Qui bisogna dire due cose importanti. La prima è che l'etnia, ovviamente, non è un destino inesorabile. Per quanto in America non esista un singolo tema che possa essere letto senza partire dalla questione razziale, non è scritto da nessuna parte che le persone votino sempre e soltanto in base alle loro origini e al colore della loro pelle. Le persone non bianche, insomma, non sono necessariamente più di sinistra delle altre, anzi. Anni di sondaggi e studi sulle persone di origini latinoamericane che vivono negli Stati Uniti, per esempio, hanno mostrato quanto quell'elettorato – particolarmente religioso e ostile alle intrusioni dello Stato – sarebbe potenzialmente ricettivo a un messaggio conservatore ma non intollerante o nativista. L'analisi dei flussi elettorali dice che George W. Bush – con solidissime radici tra Texas e Florida, e il suo conservatorismo sociale – alle presidenziali del 2004 ottenne il 40 per cento dei voti tra gli elettori di origini latinoamericane. Da allora però la politica statunitense è andata da un'altra parte, e presto vedremo come. Donald Trump, che ha fatto dell'immigrazione il singolo tema più importante della sua esperienza politica e che ha annunciato la sua candidatura definendo gli immigrati «criminali» e «stupratori», si è fermato intorno al 20 per cento. Will Hurd, l'unico deputato non bianco del Partito repubblicano, eletto per anni a El Paso, è stato considerato a lungo un astro nascente: un ex agente della CIA sorridente e preparato, civile e in grado di raccogliere consensi anche tra gli avversari. Poi è arrivato Donald Trump, col quale ha molto polemizzato. Dopo anni di larghe vittorie, nel 2018 è stato rieletto per meno di mille voti di vantaggio. Anche lui ha già rinunciato a ricandidarsi nel 2020.

La seconda è che non è solo una questione etnica. Nelle zone suburbane un tempo feudo dei repubblicani, dove la popolazione è bianca fino al 90 per cento – come nel quartiere di Houston di Kellye Burke e della gelateria – il voto negli ultimi anni si è progressivamente spostato a favore del Partito democratico. È successo soprattutto tra le persone laureate, attirate in gran numero – e da Stati meno conservatori – dalle opportunità offerte dalla crescita economica. L'economia in esplosione, l'immigrazione interna ed esterna e gli alti tassi di natalità, insomma, stanno cambiando il Texas e la sua politica: e anche su questo, come su molto del resto, il Texas è un'avanguardia di cose che stanno capitando anche al resto dell'America. Alle elezioni di metà mandato del 2018, il Partito democratico ha riconquistato la maggioranza alla Camera non tanto grazie a una grande mobilitazione nella sua storica base elettorale, quanto per via dello sfondamento nei *suburbs*, le eleganti periferie residenziali popolate soprattutto dai bianchi in cui per anni avevano preso quasi soltanto batoste. Donald Trump ha vinto le elezioni presidenziali del 2016 compensando la perdita di questi elettori con i consensi guadagnati nella classe operaia e tra i bianchi poco istruiti del Midwest, ne parleremo: ma nei luoghi che somigliano di più al quadro complessivo dell'America ha fatto peggio dei repubblicani del passato.

Le zone degli Stati Uniti che crescono di più dal punto di vista demografico – il Sud e le città in generale – sono peraltro anche quelle che crescono di più dal punto di vista economico, costruendo su questa attrattività una rilevanza che ne sostiene il successo. Ogni giorno che passa, quindi, l'America diventa un paese meno rurale e meno bianco, più urbano e più multietnico. Di questo passo, nel corso del 2020 la maggioranza di tutti gli statunitensi con meno di diciotto anni sarà non bianca. Entro il 2030 sarà non bianca la maggioranza di tutti gli statunitensi con meno di trent'anni. Entro il 2044 il sorpasso sarà completato: i bianchi rimarranno il segmento demografico più popoloso, ma le altre minoranze presto saranno abbastanza numerose da diventare, tutte insieme, maggioranza. Nel frattempo le proiezioni – sia quelle dell'ONU sia quelle del governo statunitense – sostengono che la popolazione complessiva degli Stati Uniti supererà i quattrocento milioni, dagli attuali trecento e rotti, e che il 90 per cento vivrà in un'area urbana. Come si nota chiaramente già oggi in posti come il Texas, peraltro, la crescita economica non è soltanto collegata a questi cambiamenti: in moltissimi casi ne è dipendente. Tra il 2000 e il 2050 la fascia di popolazione statunitense tra i quindici e i sessantaquattro anni dovrebbe crescere del 42 per cento, mentre allo stesso tempo si prevede che diminuisca del 10 per cento in Cina, del 25 per cento in Europa, del 30 per cento in Corea del Sud e del 40 per cento in Giappone. Il fatto che questi cambiamenti siano strettamente legati alla crescita economica fa sì che non siano distribuiti uniformemente in tutta l'America: nei posti dove si cresce meno, si cambia meno; nei posti dove si cambia meno, si cresce meno.

Anche le identità dei nuovi americani stanno cambiando. Dopo quasi cinquant'anni di immigrazione prevalentemente latinoamericana, negli anni tra il 2009 e il 2014 – quelli dell'amministrazione Obama che alcuni fanno coincidere con una presunta «invasione» – il dato di nuovi immigrati dal Messico è diventato addirittura negativo: sono stati più i messicani che se ne sono andati di quelli che sono arrivati. I dati riguardano anche i migranti irregolari, che secondo le stime erano più di dodici milioni nel 2007 e sono diventati undici nel 2014. Nel frattempo, l'Asia ha superato l'America Latina come regione di origine della maggioranza dei nuovi immigrati negli Stati Uniti, e la popolazione afroamericana ha continuato a crescere, raddoppiando numericamente ogni decennio dal 1970 a oggi. Ma gli americani stanno cambiando anche in altri modi. I cristiani sono sempre di meno, così come le persone che dicono di credere in Dio. Quando Barack Obama citò tra gli altri i *non believers*, nel suo discorso di insediamento del 2009, molti osservatori alzarono il sopracciglio; oggi il 23 per cento degli americani dice di non identificarsi in nessuna religione.

Le conseguenze di questo cambiamento non si vedono solo nella politica. C'è un episodio della serie tv *Mad Men* che mostra i rampanti pubblicitari della Madison Avenue fare una gran fatica, e in ultima istanza fallire, nel convincere una grande società di elettrodomestici a pubblicizzare i suoi prodotti su giornali e riviste rivolti a un pubblico afroamericano, nonostante la concreta possibilità di fare molti soldi. Erano gli anni Sessanta, ed è una descrizione accurata del clima di quel periodo. Appena cinquant'anni dopo, nell'arco della vita di una persona, non è più nemmeno davvero una questione di uguaglianza: è una questione di business.

Gli stravolgimenti dell'industria culturale statunitense descrivono questo cambiamento meglio di molte altre cose. Il secondo film dai maggiori incassi del 2018 è stato *Black Panther*, che ha una caratteristica rarissima nei blockbuster americani: un cast composto quasi esclusivamente da neri, protagonista compreso, e una storia che riguarda il loro essere neri. «Il film che ha dimostrato a Hollywood che le storie degli afroamericani hanno il potere di creare successi e profitti con ogni genere di pubblico» ha scritto Jamil Smith su «Time», smentendo uno dei luoghi comuni più diffusi in un'industria dominata dai bianchi.[3] Un altro grande successo cinematografico del 2018 è stato la commedia *Crazy and Rich*, il primo film prodotto in Occidente negli ultimi venticinque anni con un cast composto in gran maggioranza da attori di origine asiatica, e il primo a non indugiare nella diffusa stereotipizzazione che prevede l'uso di attori asiatici solo per interpretare maestri di arti marziali o geni dell'informatica. La canzone statunitense di maggior successo del 2017 è stata *Despacito*, la prima in spagnolo ad arrivare al primo posto in classifica dai tempi della *Macarena*. Quella del 2019, che è anche quella che ha passato più settimane al primo posto nella storia delle classifiche statunitensi, è *Old Town Road*, una canzone a metà tra il country e l'hip hop. Il suo autore, Lil Nas X, è un ventenne gay di colore. «Il suo successo così rapido e duraturo è una testimonianza non solo del suo talento» hanno scritto i giornali «ma anche dell'erosione dei sistemi di potere che per generazioni hanno estromesso dalla scena artisti come lui.»[4]

La notizia non è tanto che questi prodotti culturali esistano, ovviamente, ma che abbiano avuto un grandissimo successo, andando molto oltre i confini delle identità delle persone che li hanno realizzati. Anche se in fondo niente di tutto questo è completamente nuovo, in un posto come gli Stati Uniti. Non c'è nessuna «sostituzione» in corso, come ammoniscono gli ultraconservatori e i suprematisti bianchi. Forte della sua gioventù, infatti, la cultura statunitense ha sempre costruito la sua influenza impareggiabile sulla permeabilità, sulla capacità di farsi contaminare senza grandi paure, di pensare ottimisticamente più alle opportunità del futuro che alla sacrale conservazione del passato, assorbendo i mutamenti culturali e demografici senza timori e anzi facendoli propri, facendoli «americani». Un esempio tra tanti: nel 1944 il «New York Times» dedicò un articolo a un alimento che all'epoca doveva apparirgli piuttosto esotico: la pizza. L'articolo raccontava che la pizza era «uno dei piatti più popolari del Sud Italia, specialmente nelle vicinanze di Napoli» – da cui provenivano tantissime persone immigrate negli Stati Uniti e all'epoca molto osteggiate – e la descriveva come «una torta fatta di pasta lievitata e coperta con vari condimenti, ma comunque sempre con il pomodoro». Oggi la pizza è uno dei simboli di New York e della sua cultura gastronomica, e nessuno potrebbe giudicarla un esempio della sua decadenza a meno di suscitare ilarità.

Poi, ovviamente, non tutti sono contenti. Sebbene secondo i sondaggi la maggioranza degli americani non abbia un giudizio negativo su questi cambiamenti, molti temono che possano crescere i conflitti etnici e razziali, ed è indubbio che stia già accadendo. Un sondaggio del 2019 del Pew Research Center ha riscontrato che il 59 per cento degli americani che si definiscono repubblicani – e il 46 per cento dei bianchi in generale – pensa che questi cambiamenti stiano indebolendo la cultura statunitense. Vedremo più avanti come tali sentimenti si intreccino con la più ampia e cruciale questione razziale, e come paradossalmente queste trasformazioni vengano temute di più nei luoghi in cui si sono viste meno. Restiamo ancora per un momento sulla politica. I repubblicani hanno effettivamente delle buone ragioni per dirsi preoccupati: dal punto di vista politico, questi cambiamenti li stanno schiacciando.

Alle elezioni presidenziali del 1980, Ronald Reagan stracciò il presidente uscente Jimmy Carter battendolo in quarantaquattro Stati su cinquanta. Una vittoria nettissima, ottenuta tra le altre cose conquistando i consensi del 56 per cento degli elettori bianchi. Appena trentadue anni dopo, nel 2012, un candidato del Partito repubblicano ottenne una percentuale di consensi dagli elettori bianchi ancora più alta, il 59 per cento: eppure quel predominio si tradusse nella dura sconfitta subita da Mitt Romney contro Barack Obama. Dopo quelle elezioni, il Partito repubblicano affidò a un gruppo di dirigenti politici, intellettuali, sociologi e sondaggisti di estrazione conservatrice la cosiddetta «analisi della sconfitta». Questo gruppo variegato, composto da persone competenti e di alto profilo, dopo un periodo di studio produsse un documento che nel gergo della politica statunitense venne definito «l'autopsia» e fece discutere molto. Leggere oggi quel documento fa una certa impressione, poiché esortava i repubblicani a «ripensare completamente le posizioni del partito sull'immigrazione» in direzione pragmatica e pro-business, allontanandosi dall'approccio etnico e nativista. «Non appena i latinoamericani percepiscono che un candidato repubblicano li vuole fuori dagli Stati Uniti, non prestano attenzione alla sua frase successiva.» Prima ancora che politica o culturale, la questione posta dal documento era aritmetica. Commentando a caldo i risultati di quel voto, molti opinionisti concordavano: comunque sarebbero andate le cose da lì in poi, nessun candidato repubblicano avrebbe più fatto una campagna elettorale come quella di Mitt Romney, peraltro molto tiepida se giudicata con gli odierni standard. Prendiamola come l'ennesima prova che gli esperti tendono a sbagliarsi.

Cosa sottovalutarono, quindi? Cosa sottovalutammo? Che ci sarebbe stata una reazione, da parte di chi vede con timore questi cambiamenti. E che nel breve periodo, piuttosto che affrontare una traversata nel deserto, sarebbe stato molto più semplice e tatticamente fruttuoso imputare i problemi dell'America – quelli che esistono e quelli che non esistono, come un presunto e fasullo aumento della criminalità - a questi cambiamenti, e promettere di poterli invertire. Nel famoso slogan di Trump, «*Make America Great Again*», la parola chiave è *again*: facciamo tornare l'America com'era prima. Ma questo percorso non è cominciato con lui. La crisi economica ha avuto i suoi effetti peggiori nelle aree dell'America popolate soprattutto dai bianchi meno istruiti. Un'influentissima parte della classe politica e dei media ha cavalcato queste sofferenze senza troppi scrupoli, spiegandole con i cambiamenti demografici in corso e aizzando rancori mai sopiti: un gioco fin troppo facile, in un paese che combatté una guerra civile sulla schiavitù e che ha abolito la segregazione razziale meno di sessant'anni fa.

Una nuova generazione di attivisti e intellettuali afroamericani ha messo in discussione equilibri e rendite di posizione che favoriscono ancora straordinariamente i bianchi. L'elezione del primo presidente nero ha accelerato questi processi, e non è un caso se Donald Trump ha lanciato la sua carriera politica attraverso una massiccia campagna di disinformazione costruita attorno all'ipotesi che il primo presidente nero non potesse che essere nato in Africa. Mentre il Partito repubblicano si spostava molto a destra, e presto vedremo perché, il Partito democratico – trovandosi al governo del paese e con un Congresso ostile – era costretto ad ancorare alla realtà ogni proposta e ambizione. Ma non poteva durare molto: dal 2014 in poi, con Barack Obama alla fine del suo mandato e l'inizio delle primarie per la sua successione, la radicalizzazione ha sfondato anche da quella parte. Bernie Sanders, un settantenne socialista del Vermont che non è nemmeno iscritto al Partito democratico, ottenne ben il 43 per cento alle elezioni primarie del 2016. Se però nel breve periodo la polarizzazione politica può ancora dare molti frutti a entrambi i partiti, come mostra la vittoria di Trump, nel medio-lungo periodo solo una di queste posizioni è vincente. Sta già succedendo, d'altra parte. Dal 2008 i candidati democratici vincono in Nevada, in Colorado e in New Mexico, Stati che hanno attraversato prima degli altri i grandi cambiamenti demografici di cui abbiamo parlato, e che dal dopoguerra avevano votato quasi sempre per i repubblicani. Se riusciranno a vincere anche in Texas – ma è sempre di più una questione di «quando», non di «se» – avranno ridisegnato completamente la geografia politica statunitense.

E quindi torniamo nel posto da cui siamo partiti. Il Texas è uno Stato di confine. È un confine sterminato – più di tremila chilometri, la distanza che separa Napoli e Mosca – e quindi cangiante, dalle zone paludose di Galveston al deserto di Marfa e Presidio, dalla città fantasma Terlingua fino alla natura spettacolare del parco nazionale di Big Bend, da città che sembrano fare già parte del Messico come Del Rio o Laredo fino al grande conglomerato urbano di El Paso. Percorrendo il confine in macchina, in molti tratti di strada non solo il Messico si trova costantemente dentro il campo visivo di chi guida, ma la distinzione tra qui e lì si perde; e dove il Rio Grande si restringe può capitare di vedere i messicani tentare di guadarlo a piedi o a bordo di piccole imbarcazioni. Per andare a Ciudad Juarez da El Paso non serve nemmeno mostrare un documento: si passa e basta, e migliaia di persone fanno ogni giorno avanti e indietro (lo stesso non vale al ritorno, ovviamente, dove il Messico impone un piccolo pagamento e gli Stati Uniti controlli di tipo aeroportuale). È un confine strano: c'è e non c'è. Da un lato è delimitato già oggi da recinzioni altissime e barriere naturali più invalicabili di qualsiasi muro. Dall'altro sembra spesso completamente artificioso. Quello che oggi chiamiamo Texas, infatti, un tempo era Messico; e i texani un tempo erano, tecnicamente, messicani.

I primi ad arrivare in Texas dall'Europa furono gli spagnoli, che restarono fino al 1821, quando il posto che oggi conosciamo come Texas diventò una colonia del Messico. Non durò molto: nel 1835 ci fu una rivoluzione, e un anno dopo nella casetta di legno di una zona di campagna a sud di Austin, che si chiama Washington-on-the-Brazos, fu firmata una dichiarazione d'indipendenza. Nacque la Repubblica del Texas, uno Stato autonomo, con una propria bandiera, che si era conquistato la propria indipendenza senza ricevere aiuti dagli americani della costa est, dove si fermavano all'epoca gli Stati Uniti. Dieci anni dopo, il Texas decise di entrare a far parte degli Stati Uniti, mantenendo non solo una propria autonomia – come è normale in un paese federale – ma conservando anche una propria spavalda identità, frutto del fatto che era stato una repubblica indipendente, e che si era liberato da solo.

Le contraddizioni di questo confine non finiscono qui. Guidare lungo questi tremila chilometri, infatti, vuol dire sperimentare cosa comporta la permanenza in uno dei luoghi più sorvegliati e militarizzati al mondo. È praticamente impossibile percorrere più di uno o due centinaia di chilometri senza essere fermati dalla polizia di frontiera, anche nei luoghi più inospitali e desertici, allo stesso modo di giorno e di notte. Nonostante la polizia stradale venga ormai abitualmente invitata a evitare inseguimenti, considerati troppo pericolosi sia per gli agenti che per le persone che ci finiscono in mezzo, la polizia di frontiera riceve da anni incentivi opposti e si lancia dietro qualunque auto o furgone viaggi particolarmente basso sulle ruote, magari perché pieno di immigrati. Gli agenti sono autorizzati a lanciare chiodi sulla strada o speronare i veicoli sospetti che non si fermano immediatamente. Queste manovre provocano in media un incidente ogni nove giorni, alcuni molto gravi. Muoiono le persone ammassate nei furgoni, muoiono le persone abbastanza sfortunate da passare di lì nel momento sbagliato. Oltre alle telecamere e alle ronde, la polizia di frontiera ha attrezzature militari: armi di ogni genere, veicoli blindati, imbarcazioni armate e sei palloni aerostatici usati dall'esercito in Iraq e in Afghanistan. Oggi sono schierati in Texas, allo scopo di sorvegliare costantemente anche lo spazio aereo sopra il confine. Tre anni fa il vento ruppe i tiranti che tenevano uno di questi dirigibili ancorati al terreno, lanciandolo contro i tralicci dell'alta tensione e poi facendolo schiantare su un terreno agricolo.

Nonostante tutto questo, circa undici milioni di persone, soprattutto di origini latinoamericane, oggi si trovano illegalmente negli Stati Uniti. Tra un milione e mezzo e due milioni vivono in Texas, e di queste più di metà vive in Texas da più di dieci anni. Molte di loro hanno figli nati in America, quindi americani a tutti gli effetti. Alcune di loro hanno studiato all'università in Texas, moltissime hanno un lavoro stabile e a volte anche qualificato: in certe città il 20 per cento degli immigrati irregolari è laureato. Moltissimi di questi immigrati irregolari sono texani, di fatto.

Per capire come sia possibile che il confine sia così sorvegliato e così permeabile, che ci sia e non ci sia, bisogna tenere presente che senza l'immigrazione non esisterebbero gli Stati Uniti, e bisogna conoscere il modo appositamente schizofrenico con cui – per questa ragione – è stato progettato il sistema che regola gli ingressi nel paese. Per farla molto breve, oggi ci sono tre modi per entrare legalmente negli Stati Uniti. Il primo è trovare un datore di lavoro negli Stati Uniti, possibilmente prima di entrare: perché è il datore di lavoro a chiedere il visto per un suo impiegato, non l'impiegato stesso. Questa è una strada che percorrono soprattutto le persone molto qualificate dal punto di vista lavorativo, sostenendo dei colloqui via Skype o anche di persona, violando in quel caso i termini di un visto ottenuto per turismo o per studio; oppure perché in contatto con università e laboratori di ricerca che li hanno già selezionati sulla base del loro curriculum. Ci sono delle quote che stabiliscono il numero massimo di lavoratori che possono arrivare dall'estero ogni anno, decise dal Congresso sulla base di criteri che non hanno a che fare con le esigenze delle imprese ma con la politica e col desiderio di questo o quel partito di mostrarsi più o meno duro con l'immigrazione in quello specifico momento. Oggi la procedura è diventata molto complessa, soprattutto per chi arriva dall'America centrale: praticamente tutti gli analisti considerano ridicolo il numero di visti erogati ogni anno dagli Stati Uniti rispetto al numero di lavoratori di cui l'economia avrebbe bisogno.

Il secondo modo per trovarsi legalmente negli Stati Uniti è chiedere asilo politico: teoricamente prima di entrare, cosa nella gran parte dei casi impossibile, quindi quasi sempre dopo. Una volta avviata la procedura legale, bisogna dimostrare di essere scappati perché sotto diretta minaccia di violenza, magari per via della propria religione o del proprio orientamento sessuale, perché ci si è ribellati alla corruzione o perché ci si è rifiutati di pagare il pizzo alle gang di narcotrafficanti. Ma servono prove tangibili, ed è difficile produrle visto che non tutte le minacce generano documenti e non si possono convocare testimoni. La maggior parte delle richieste di asilo per questo motivo viene rifiutata, e l'amministrazione Trump ha ulteriormente stretto le maglie. In generale, poi, è meglio potersi permettere un avvocato: chi si fa assistere da uno studio legale ha molte più possibilità di ottenere asilo.

Il terzo modo è il ricongiungimento familiare. Una persona che si trova regolarmente negli Stati Uniti può chiedere che possa raggiungerlo un suo parente stretto, per esempio i figli o il coniuge. Di fatto questo è il modo con cui oggi gli Stati Uniti ogni anno regolarizzano più persone: ma dei tre metodi è l'unico che è completamente casuale, non meritocratico. Non entra né chi ha un lavoro né chi ha bisogno di essere protetto: entra chi ha la fortuna di avere un parente che è già riuscito a entrare, e ha abbastanza soldi e tempo. Il procedimento costa almeno 1000 dollari a persona e per i figli i tempi di attesa possono arrivare a vent'anni. Anche questa strada oggi è diventata più complessa che mai. Al di sopra di tutte queste regole, c'è una norma fondativa degli Stati Uniti, imprescindibile in un paese così giovane ma allo stesso tempo dall'identità così forte, fondato essenzialmente sull'immigrazione e la capacità di attrarre persone da tutto il mondo, e in cui tutti sono immigrati: chi nasce in America è americano. «Puoi andare a vivere in Francia» disse Ronald Reagan nel suo ultimo discorso da presidente, e forse il più impressionante da leggere oggi, «ma non puoi diventare un francese. Puoi andare a vivere in Germania o in Turchia o in Giappone, ma non puoi diventare un tedesco, un turco o un giapponese. Ma chiunque, da ogni angolo della Terra, può venire a vivere in America e diventare un americano ... Noi guidiamo il mondo perché – e siamo gli unici a farlo – attiriamo qui il nostro popolo, la nostra forza, da ogni paese e ogni angolo del mondo. Così facendo, arricchiamo e rinnoviamo continuamente la nostra nazione. Mentre le altre nazioni si aggrappano a un passato stantio, in America diamo vita ai sogni. Creiamo il futuro, e il mondo ci segue nel domani. Grazie a ogni ondata di nuovi arrivi in questa terra di opportunità, siamo una nazione perennemente giovane, perennemente prospera di idee e di energie, sempre all'avanguardia, sempre alla guida del mondo verso nuove frontiere. Se mai dovessimo chiudere le nostre porte ai nuovi americani, la nostra leadership globale sarebbe rapidamente perduta.»[5]

Prima dell'amministrazione Trump, il sistema è rimasto in piedi per tanti anni perché basato su questo impianto valoriale, saldamente condiviso anche da un presidente considerato molto di destra come Reagan, e su un patto tacito. Mentre la militarizzazione del confine cresceva, infatti, la maggior parte degli immigrati irregolari arrivava nel paese con un visto regolare, turistico o per motivi di studio, e si fermava dopo la scadenza. Vista la difficoltà politica di regolare il sistema dell'immigrazione in modo più aperto, e l'importanza cruciale e fondativa dell'immigrazione per gli Stati Uniti, fino a qualche anno fa le autorità di fatto chiudevano un occhio sugli irregolari, a meno che non commettessero dei reati. Oggi chi si trova irregolarmente negli Stati Uniti può prendere la patente, può frequentare l'università, in certi casi può persino arruolarsi nell'esercito e stipulare un'assicurazione sanitaria: e se i suoi figli nascono in America, sono americani. La vigilanza sullo status degli immigrati, d'altra parte, era compito solo e soltanto degli agenti di frontiera, nemmeno la normale polizia poteva indagarlo. Questo patto tacito era necessario un po' per ridurre i danni – se sei irregolare, vivi in Texas e guidi la macchina, è meglio che tu abbia la patente – e un po' per permettere agli Stati Uniti di mantenere la promessa così ben descritta da Reagan. Più concretamente, poi, il tasso di disoccupazione in America è molto basso, intorno al 3 per cento, nelle città ci sono cantieri ovunque, il settore dell'agricoltura è fortissimo e ha sempre bisogno di manodopera, così come l'edilizia e la manifattura: gli immigrati irregolari, insomma, non hanno grandi difficoltà a trovare un lavoro.

Per quanto sgangherato e brutale, per decenni questo sistema ha funzionato. Poi sono arrivati due scossoni. Dopo l'11 settembre 2001, gli Stati Uniti sconvolti dal peggiore attentato terroristico della loro storia pensarono che altri attacchi fossero non solo probabili, ma imminenti: e per cercare di prevenirli, tra le altre cose, stravolsero il loro sistema di sicurezza interna. Tre degli attentatori dell'11 settembre, infatti, si trovavano negli Stati Uniti senza un visto. Nei giorni precedenti all'attacco erano stati fermati dalla polizia stradale, che però non poteva controllare la regolarità del loro status nel paese. L'attentatore che avrebbe guidato l'aereo a bordo del quale i passeggeri si ribellarono – lo *United 93* che si schiantò su un campo in Pennsylvania – fu fermato per eccesso di velocità la sera del 10 settembre: ricevette una contravvenzione e fu lasciato andare. L'amministrazione Bush si convinse che la porosità del confine con il Messico fosse una minaccia esistenziale per gli Stati Uniti, che chiunque volesse potesse arrivare negli Stati Uniti con troppa facilità: a poche settimane dagli attentati di New York e Washington, nessuno ebbe il coraggio di opporsi alle norme che cominciarono a trasformare gli enti che si occupano di immigrazione in autorità antiterrorismo. Miliardi di dollari furono investiti nella militarizzazione del confine. Si cominciò a discutere della possibilità di mettere fine a quel patto tacito, anche se nessuno lo fece davvero: aumentarono i raid e le espulsioni, ma soltanto l'Arizona nel 2010 introdusse una legge che dava alla polizia stradale la facoltà di controllare lo status delle persone che fermava. Nel frattempo, alcune città governate dai democratici decisero di garantire protezione ai propri immigrati irregolari, le cosiddette *sanctuary cities*, promettendo che non avrebbero dato la caccia a chi non commettesse dei reati.

Davanti a fenomeni di proporzioni storiche come le migrazioni, che coinvolgono centinaia di milioni di persone, pensare di piegare la realtà a proprio piacimento con una legge è però impossibile. È diventato più difficile ottenere un visto? Gli immigrati hanno iniziato ad attraversare il confine più di quanto facessero prima. Gli Stati Uniti hanno costruito la recinzione? Gli immigrati hanno cominciato a passare dai tratti di confine senza recinzione, anche se questo voleva dire attraversare il deserto o guadare un fiume, e morire durante la traversata; oppure consegnarsi ai trafficanti di esseri umani, rischiando violenze, stupri e torture, sperando di poter usufruire dei tunnel sotterranei o delle rampe costruite appositamente per superare la recinzione nei punti in cui è meno sorvegliata. Anche per questo motivo, per quanto possa essere sorprendente, l'idea di costruire un muro al confine con il Messico negli Stati Uniti riscuote molti più consensi quanto più ci si allontana dal confine, mentre in Texas non convince granché nemmeno tanti conservatori. Molti considerano il muro inutile, prima ancora che sbagliato: un po' perché una recinzione c'è, e già ora viene scavalcata e aggirata; un po' perché già ora la gran parte degli immigrati irregolari arriva comunque in un altro modo; un po' perché chi scappa per salvare la sua vita non si ferma davanti alla paura di morire. Cosa potrà mai fare un muro, per quanto alto possa essere, quando in Europa non basta un intero mare a fermare chi scappa da una vita di soprusi e miserie?

Il secondo scossone è arrivato con l'amministrazione Trump. Davanti al fallimento nell'ottenere i fondi per la costruzione del muro – peraltro da un Congresso controllato dal suo partito, a conferma dei dubbi di cui sopra – e all'inefficacia che il muro avrebbe in ogni caso, dal 2017 la polizia di frontiera e l'agenzia governativa per il controllo dell'immigrazione hanno adottato politiche ancora più feroci. I paesi dell'America centrale da cui provengono più migranti – quelli del cosiddetto Northern Triangle: El Salvador, Guatemala e Honduras – sono stati formalmente minacciati: o cominciano a impedire le partenze o rinunciano ai milioni di dollari di aiuti allo sviluppo che ricevono ogni anno dagli Stati Uniti. Il Messico è stato costretto a un accordo.

Ken Cuccinelli, il capo dell'agenzia governativa responsabile del controllo delle frontiere e dell'immigrazione, ha detto più volte pubblicamente che gli Stati Uniti stanno subendo una «invasione» davanti alla quale hanno il diritto di comportarsi come davanti a una guerra, e in qualche modo è quello che sta succedendo. Alla fine del 2017 l'amministrazione Trump ha interrotto la pratica per cui i migranti irregolari arrestati venivano giudicati da un tribunale speciale, decidendo invece di portarli davanti ai normali tribunali federali e incriminarli per ingresso illegale nel territorio statunitense. Dato che non esiste più uno specifico percorso per i reati legati all'immigrazione, in attesa del processo i migranti finiscono in prigione, dove per legge non possono essere detenuti insieme ai figli. Per questo motivo da allora migliaia di bambini di qualsiasi età, dai neonati agli adolescenti, sono stati sottratti alle loro famiglie e affidati ai servizi sociali. Inizialmente, per evitare problemi, la polizia diceva ai genitori che li avrebbero soltanto portati a fare un bagno, o in un'altra stanza per interrogarli, salvo poi non tornare più. In altri casi hanno usato le maniere forti: una donna ha raccontato che gli agenti le hanno portato via sua figlia mentre la stava allattando.

Le nuove politiche non prevedono metodi per tenere in contatto tra loro genitori e figli dopo la separazione, anche perché i loro percorsi legali sono completamente diversi: i primi devono aspettare settimane o mesi per vedere esaminata la loro richiesta di asilo, i secondi – senza genitori, avendo tre, cinque o sette anni, in un paese di cui spesso non conoscono nemmeno la lingua – aspettano in centri di accoglienza che somigliano più a centri di detenzione, stipati in grandi gabbie sorvegliate da poliziotti armati. In una delle molte cause legali che sono scaturite da questa politica, l'amministrazione Trump ha sostenuto apertamente che un letto, delle coperte, il sapone e il dentifricio non sono tra i beni «essenziali» che il governo è tenuto a fornire ai bambini detenuti.

Anche una volta risolte le situazioni legali dei genitori – bene o male, a quel punto non gli importa davvero – i ricongiungimenti sono difficilissimi, e in generale non sono la priorità del governo americano. Ci sono stati casi di genitori rimpatriati nei loro paesi di origine mentre i loro figli erano rimasti nei centri di detenzione statunitensi. Niente di tutto questo è stato frutto di un eccesso di zelo, o di un buco legislativo. Lo scopo di tanta brutalità è stato dichiarato. Jeff Sessions, all'epoca procuratore generale degli Stati

Uniti, annunciò la nuova politica spiegando: «Se avete portato con voi un figlio e subirete un processo, vostro figlio sarà separato da voi. Se non vi piace, non portate i vostri figli oltre il confine».[6] L'amministrazione Trump ha continuato silenziosamente a separare le famiglie di immigrati anche dopo avere annunciato la sospensione di questa misura più che controversa; e le altre decisioni che ha preso sono coerenti con questo approccio.

I raid contro gli irregolari sono aumentati moltissimo. Nell'agosto 2018 in una sola giornata quasi settecento persone sono state arrestate in Mississippi: il più vasto raid contro gli immigrati irregolari degli ultimi dieci anni. Queste persone non sono state arrestate a casa loro, o mentre bighellonavano in giro. Centinaia di agenti di polizia sono andati a sorpresa dove sapevano per certo che li avrebbero trovati: negli stabilimenti di produzione di carne. Posti freddi, pericolosi, dove si passa l'intera giornata a contatto con le carcasse, e dove nessun altro vuole andare. Alcuni lavoravano con contratti regolari, pagando le tasse, avendo falsificato qualche carta con la connivenza dei datori di lavoro, altri in nero. Erano quasi tutti uomini. Erano usciti di casa la mattina per andare a lavorare, come facevano in alcuni casi da decenni. Sono stati ammanettati, portati su un autobus, trasferiti in centri di detenzione e poi spediti verso posti in cui non hanno una vita. I loro figli, nati negli Stati Uniti, sono americani, e non sanno se li rivedranno più tornare.

Ma la guerra non riguarda solo l'immigrazione irregolare. Ottenere asilo politico è diventato ancora più complesso e costoso, e nei distretti dove sono arrivati i giudici nominati da Trump la percentuale di visti accordati è crollata dal 30-40 per cento fino a meno di uno su dieci. L'amministrazione sta tentando di rendere il processo ancora più tortuoso, consentendo a chi arriva negli Stati Uniti attraversando il confine meridionale di chiedere asilo soltanto se l'aveva già richiesto in un paese terzo che ha attraversato e che gliel'ha negato. Nel frattempo, anche il Texas ha approvato una legge sul modello di quella dell'Arizona. Gli sceriffi, i poliziotti e persino gli impiegati delle università oggi vanno incontro a una multa individuale dai 1000 ai 25.000 dollari se non controllano i documenti di qualsiasi persona venga fermata e sia genericamente sospettata di trovarsi illegalmente negli Stati Uniti. Oltre che dai democratici e dagli attivisti per i diritti umani, la legge è stata contestata anche dai sindacati dei poliziotti, che temono possa compromettere i loro rapporti con la comunità latinoamericana, fondamentali per garantire la sicurezza di intere città e per le indagini su reati molto più gravi di quello che commette chi si trova irregolarmente negli Stati Uniti ma non vuole fare del male a nessuno, come quelli legati al narcotraffico.

L'introduzione di queste norme – oltre a infliggere una quantità immane di sofferenze a persone completamente innocue, e nella grandissima parte dei casi preziose – ha creato risentimenti, paure, tensioni, accuse. Donald Trump ha capitalizzato questi sentimenti, esacerbandoli: ha accusato gli stranieri di avere portato a un aumento della criminalità, pur smentito dai dati, e ha alzato la durezza dei suoi attacchi non solo contro gli immigrati, regolari o irregolari, il cui arrivo definisce frequentemente «invasione» o «infestazione», ma anche contro gli americani che non sono bianchi. «Tornatevene al vostro paese» ha detto a giugno 2018 a quattro deputate del Partito democratico, tutte ovviamente statunitensi, tre delle quali peraltro nate negli Stati Uniti. Arrivando dal pulpito più alto del paese, le parole di odio hanno attraversato più che uno sdoganamento: sono diventate parte del discorso pubblico. Davanti a un paese che affronta cambiamenti epocali e delicati, il governo degli Stati Uniti ha scelto di spargere benzina e appiccare un incendio.

Chiunque negli Stati Uniti abbia origini latinoamericane,

anche se risiede regolarmente nel paese, da qualche anno vive in un perenne stato di angoscia. Chi ha un visto, teme che non venga più rinnovato, e quindi di essere deportato e separato dalla propria famiglia. Chi ha la cittadinanza teme che tutto questo possa capitare alla propria moglie, al proprio fratello, ai propri genitori. Ad alcuni è già successo. Tutti, indistintamente, temono di essere aggrediti ogni volta che mettono un piede fuori di casa. I dati ufficiali diffusi annualmente dell'FBI mostrano che le aggressioni motivate dall'odio razziale negli Stati Uniti crescono ininterrottamente dal 2016. Uno studio della University of North Texas ha riscontrato una correlazione raggelante: le contee che durante la campagna elettorale del 2016 hanno ospitato un comizio di Donald Trump hanno sperimentato successivamente un aumento medio del 226 per cento di aggressioni motivate dall'odio razziale.

L'odio è arrivato ovunque. Una delle cose più singolari del confine tra Stati Uniti e Messico è che separa una delle città in assoluto più sicure d'America, El Paso, e una delle più pericolose e violente del mondo, Ciudad Juarez. A El Paso la vita è molto tranquilla, c'è una base militare che occupa una grande area della città, la maggioranza degli abitanti ha origini latinoamericane e vive in modo pacifico e sereno con tutti gli altri. Le due città hanno vissuto in simbiosi, anche perché dal punto di vista urbanistico sono una cosa sola: per attraversare il confine basta percorrere un ponte pedonale. Famiglie e amicizie si intrecciano da una parte all'altra. Da quando la situazione a Juarez è degenerata, gli abitanti di El Paso consigliano a chi non è del posto – soprattutto ai bianchi – di non allontanarsi più di tre o quattro isolati dal confine, se proprio vogliono vedere una delle capitali mondiali del narcotraffico. Loro stessi non ci vanno volentieri: preferiscono restare al sicuro. Ma anche quel tipo di confine ormai è diventato più sfumato. Un sabato di agosto del 2019 un ragazzo statunitense di 21 anni ha percorso mille chilometri in macchina per raggiungere un supermercato di El Paso, vicino al confine. È entrato e con un fucile da guerra ha sparato a chiunque dai lineamenti gli sembrasse avere origini latinoamericane. Ha ucciso ventidue persone, tra cui una donna che dopo avere sentito i primi spari si è gettata sopra il figlio di due anni, salvandolo; poi si è arreso ai poliziotti, ai quali ha detto di avere voluto uccidere «quanti più messicani possibile». Diciannove minuti prima di iniziare a sparare, aveva pubblicato online un manifesto contro «l'invasione ispanica del Texas».

Nei giorni successivi a El Paso sono arrivati giornalisti da tutto il paese. In uno dei posti più pacifici degli Stati Uniti, dove l'economia galoppa, il tasso di natalità è alto, le strade sono vivaci e pulite, gli abitanti erano terrorizzati. E sconcertati. «Nessuno qui immaginava che ci saremmo mai trovati in una situazione del genere» ha detto un signore di El Paso al «Washington Post». «Ma oggi sarebbe difficile dire che sia sorprendente.»

IV

L'interruttore

Viviamo anni di risposte semplici a domande difficili. Facciamo fatica ad accettare che i problemi complessi abbiano ragioni e soluzioni complesse, che niente abbia mai una sola spiegazione, che le faccende degli esseri umani si intreccino e si influenzino tra loro in modi non del tutto indagabili. Che sia vano pensare di individuare e isolare l'inizio inequivocabile di un qualche specifico fenomeno. Che un battito d'ali di farfalla a Pechino eccetera eccetera. Che le cose non succedano perché qualcuno preme un interruttore. Tutto vero. Eppure certe volte, per quanto il contesto sia intricato e longevo, le cose succedono per una ragione evidente, precisa, come qualcuno che preme un interruttore. Di più: certe volte le cose accadono letteralmente perché qualcuno preme un interruttore.

Nella fredda giornata di primavera del 25 aprile 2014, in una città del Michigan che si chiama Flint, il sindaco Dayne Walling visitò l'impianto di pompaggio dell'acquedotto con un piccolo gruppo di persone. La ragione della visita era allo stesso tempo cerimoniale e concreta: sarebbe stato proprio il sindaco, davanti alle telecamere, a premere l'interruttore che avrebbe cambiato la fonte di approvvigionamento dell'acqua della città. «Un momento storico» disse. Non che il contesto si prestasse particolarmente alla solennità: la pulsantiera era un vecchio e grigio cilindrone attaccato a una parete, lo spazio era piuttosto angusto, l'impianto evidentemente antico. L'inquadratura offerta ai telegiornali sarebbe stata sgradevolmente stretta, ma il momento andava comunque immortalato: il comune avrebbe risparmiato un sacco di soldi e sarebbe diventato autosufficiente dal punto di vista idrico. «Pronti? Tre, due, uno...»

Clic.

Dopo qualche secondo di silenzio si udì un suono metallico, e poi un rumore sordo di acqua nei tubi. Ci fu un applauso mesto come sono mesti gli applausi quando si fanno in cinque, e poi un brindisi con dei bicchieri di plastica pieni della nuova acqua, che stava già iniziando ad arrivare in città. «A Flint!» Nessuna di quelle persone lo sapeva ancora, ma quell'acqua era un veleno. Quel giorno, in quel posto, con quel *clic* su quell'interruttore, cominciò una delle crisi più scandalose e angoscianti della storia recente degli Stati Uniti. Per comprenderne il senso e le origini, però, dobbiamo fare un lungo passo indietro.

Nell'Ottocento, in molte città americane c'era un enorme problema, e non ridete: la cacca dei cavalli. All'epoca ci si muoveva soltanto a cavallo, e si calcola che a New York nel 1880 vivessero almeno centocinquantamila cavalli. Ogni cavallo produceva all'incirca dieci chili di escrementi al giorno, e un litro di urina. Fate un po' di conti, pensate ai giorni, alle settimane, ai mesi, agli anni, e ai centocinquantamila cavalli, ai dieci chili e al litro: poi immaginate le condizioni delle strade. La cacca era troppa perché fosse possibile portarla da qualche parte – peraltro, come? A cavallo – senza contare che non c'era un posto che potesse contenerla tutta. Un articolo pubblicato dal «New York Times» nel 1880 denunciava l'esistenza di un grande cumulo di letame all'altezza della novantaduesima strada che avrebbe dovuto essere rimosso una volta l'anno, e invece era perennemente lì, insensibile al passare del tempo come un monumento, e ogni giorno si mangiava un pezzo più grande della città. Alcuni predissero che di quel passo entro qualche decennio la cacca sarebbe arrivata al terzo piano dei palazzi. Il letame peraltro attirava le mosche, e così anche i cavalli morti che venivano spesso abbandonati per le strade: quasi quindicimila ogni anno, con tutto quel che ne conseguiva in termini igienici e sanitari. L'«Appleton's Magazine» nel 1908 stimava che ventimila newyorkesi ogni anno morivano per «malattie che volano nella polvere, create principalmente dal letame di cavallo». Lo stesso accadeva nelle altre città statunitensi, dove il grande sviluppo economico e commerciale aveva fatto aumentare la popolazione e la necessità di spostarsi, ma non aveva prodotto alternative ai cavalli: era un'emergenza.

Nel 1898 la città di New York organizzò un grande convegno internazionale di urbanisti, per cercare una soluzione e immaginare una città che funzionasse senza carrozze. Non ne trovarono nessuna: non si poteva impedire alla gente di spostarsi. Sembrava che le cose non potessero che peggiorare. Qualche anno dopo arrivò una soluzione tanto miracolosa quanto completamente imprevedibile: il motore a scoppio. È una storia molto istruttiva: ci insegna che a volte la risposta ai nostri problemi richiede un radicale cambio di paradigma, uno «sparigliamento» completo del campo da gioco, piuttosto che un aggiustamento della realtà; e ci insegna che quel cambio di paradigma a volte può essere possibile solo grazie a un salto tecnologico. In questo caso, parliamo con ogni probabilità dell'ultimo grande salto tecnologico che gli esseri umani abbiano sperimentato prima di Internet: per accorgercene ci basta guardare fuori dalla finestra.

Le città che abitiamo sono state pensate e costruite – e quindi stravolte, a un certo punto – per la sola presenza delle automobili. Le strade ovviamente sono fatte per le macchine, ma anche le cose più piccole, i segnali stradali, i cartelli, le strisce per terra, l'esistenza stessa dei marciapiedi e dei passi carrabili, ci ricordano la loro totale centralità nella forma che ha preso appena l'altro ieri il mondo civilizzato: persino il modo in cui camminiamo a piedi, quando non siamo dentro una macchina, è condizionato dalla presenza delle macchine. Oggi sappiamo che le automobili uccidono molte più persone di quante ne morissero alla fine dell'Ottocento a causa della cacca dei cavalli – altra grande lezione: non esistono soluzioni a costo zero – ma allora portarono una trasformazione benefica gigantesca, epocale e rapidissima alle città, soprattutto in un paese dalle distanze enormi come gli Stati Uniti: la possibilità di spostarsi senza fatica, di viaggiare, di commerciare, di collegare con facilità posti che prima sembravano irraggiungibili. Fu una rivoluzione. E ci fu un posto nel mondo, uno solo, che per ragioni tutto sommato casuali si ritrovò al centro di questa rivoluzione, grazie a un'altissima concentrazione di imprenditori che investirono in questo promettente settore. Ransom Olds fondò la Oldsmobile a Lansing, la capitale del Michigan. John e Horace Dodge, nati in Michigan, fondarono lì la casa automobilistica Dodge. Henry Leland andò a Detroit per fondare Cadillac e Lincoln. Anche Henry Ford era del Michigan, e fondò la Ford a Detroit. Qualche anno dopo Walter Chrysler andò a Detroit per investire anche lui nel settore automobilistico, e fondare la casa che ancora oggi porta il suo nome. David Buick, che era di Detroit, fondò la Buick e poi con William Durant fondò a Flint la General Motors. Le automobili stavano cambiando tutto, e tutto partiva dal Michigan.

Per questo motivo, la storia di Flint è simile a quella di molte altre città del Michigan e in generale dell'industria pesante del Midwest americano. Dall'inizio del Novecento, fino agli anni Sessanta e Settanta, la crescita esplosiva dell'industria dell'auto creò centinaia di migliaia di posti di lavoro e attirò nel Midwest e a Flint persone da tutti gli Stati Uniti d'America e dal resto del mondo, in cerca di lavoro, di fortuna e di un posto nella classe media: ed era una promessa che veniva inesorabilmente mantenuta, un biglietto della lotteria con cui si vinceva sempre. Anche se non avevi niente o quasi, potevi andare a Flint o a Detroit e avresti trovato un lavoro in fabbrica, in un'industria dell'indotto o in una delle tante aziende nate per soddisfare i nuovi bisogni di quella nuova classe media e produrre elettrodomestici e beni di largo consumo.

Gli abitanti di Flint nel 1900 erano tredicimila; nel giro di dieci anni diventarono trentottomila, un aumento del 194 per cento, e dopo altri dieci anni novantunomila, un altro 139 per cento. Alla fine del 1930 gli abitanti di Flint erano centocinquantaseimila, alla fine degli anni Sessanta erano duecentomila. Una crescita verticale. A Flint furono costruiti nuovi quartieri praticamente da zero, e poi teatri, parchi, palestre, luoghi di aggregazione, spesso proprio con i soldi di General Motors, che all'epoca era l'azienda più ricca del mondo nel settore più moderno e in espansione al mondo. D'altra parte le grandi aziende automobilistiche avevano aperto decine di stabilimenti attorno a Flint, e praticamente tutta la città lavorava per le auto o per un'impresa collegata: era interesse di tutti che le cose funzionassero bene. Flint era un luogo da favola, descritto e vissuto come un esempio del sogno americano: il posto che «ha messo il mondo su quattro ruote», e che per questo godeva di straordinaria prosperità. Negli anni Trenta proprio a Flint nacque il sindacato americano dei lavoratori dell'auto, e per questo i lavoratori della città – l'espressione più visibile di quella grande comunità nazionale – godevano anche di un trattamento relativamente privilegiato rispetto a quello di altri operai nel resto del paese.

Le cose cominciarono a cambiare alla fine degli anni Settanta, e per più di una ragione. Le crisi petrolifere fecero crescere di molto il prezzo della benzina, mentre nelle grandi città grazie al trasporto pubblico l'auto iniziò a diventare meno indispensabile di prima, soprattutto per i più giovani. Nel frattempo cominciò a farsi sentire la concorrenza delle automobili giapponesi, più moderne e affidabili. Soprattutto arrivò un'altra rivoluzione tecnologica a cambiare tutto: i robot meccanici da impiegare nelle fabbriche dove si costruivano le auto. Grazie ai macchinari industriali e all'automazione, infatti, il numero di operai richiesto dai cicli produttivi crollò repentinamente: la General Motors scoprì che le bastavano cinquemila operai per produrre la stessa quantità di macchine che negli anni Cinquanta richiedeva il lavoro di venticinquemila, e lo stesso valse per le altre case automobilistiche.

Il settore dell'auto a quel punto non era ancora davvero in crisi – fino al 1980 Flint era la città con il reddito mediano più alto del mondo per i giovani lavoratori: 84.000 dollari l'anno – ma le aziende cominciarono a capire che quella crescita non sarebbe stata replicabile all'infinito, e cercarono delle soluzioni. Sfortunatamente per le persone di Flint e del Michigan, furono particolarmente dure. Dalla fine degli anni Settanta alla fine degli anni Ottanta, General Motors chiuse decine di fabbriche e impianti di produzione in tutta l'America, ma soprattutto nel Michigan e nella zona tra Detroit e Flint, allo scopo di consolidare la produzione tagliando i rami secchi e renderla più conveniente trasferendo gli stabilimenti in Messico, dove il più basso costo del lavoro avrebbe consentito di allargare il margine di profitto. Centinaia di migliaia di posti di lavoro sparirono nel giro di pochi anni. A Flint il numero dei dipendenti di General Motors passò da ottantamila a ottomila; e poi c'è da considerare l'indotto, e le altre imprese che fallirono, chiusero o si ridimensionarono di conseguenza, dato che chi non lavora più non ha più soldi da spendere.

La città si ritrovò improvvisamente svuotata del suo cuore, e precipitò in una crisi vertiginosa quanto era stato il suo sviluppo. Anno dopo anno, con la stessa rapidità con cui era cresciuta, Flint cominciò a svuotarsi. Chi era abbastanza giovane o qualificato da trovare un nuovo lavoro, si arrangiò; chi aveva le risorse per farlo lasciò Flint e si spostò altrove. Restarono quasi esclusivamente i neri, che oggi sono la stragrande maggioranza della popolazione. I duecentomila abitanti degli anni Sessanta e Settanta erano già diventati centoquarantamila alla fine degli anni Ottanta, mentre oggi a Flint vivono meno di centomila persone. Non è difficile immaginare cosa accada a una città che subisce uno shock di questo tipo, specie dal momento che negli Stati Uniti non avere un lavoro vuol dire quasi sempre anche non avere una copertura sanitaria. La strada centrale di Flint, con i suoi palazzi di mattoni rossi e gli ampi marciapiedi un tempo brulicanti di persone e negozi, si riempì di senzatetto e vetrine abbandonate. Decine di migliaia di famiglie, nell'impossibilità di pagare l'affitto, finirono per strada. Interi quartieri restarono disabitati. Alcuni furono demoliti, lasciando soltanto il disegno delle mura perimetrali sul terreno a lugubre ricordo della loro forma precedente, circondate da strade bucate come scolapasta che non portano più da nessuna parte; altri sono rimasti lì, abbandonati come relitti, rifugio di disperati e spacciatori.

La città che una volta aveva il reddito mediano più alto del mondo diventò la seconda più povera degli Stati Uniti, con il 41 per cento dei cittadini al di sotto della soglia di povertà. Le famiglie e i legami sociali si disgregarono. La criminalità aumentò così tanto che Flint oggi è una delle città più pericolose degli Stati Uniti, e l'unico business che ha davvero prosperato in questi anni è stata la costruzione di prigioni. Tra i detenuti ci sono molti ex dipendenti di General Motors, o i loro figli, o i loro parenti, e anche le guardie carcerarie in molti casi sono ex dipendenti della stessa azienda. Il crollo del gettito fiscale portò poi a un taglio radicale nella spesa per i servizi. Il corpo di polizia ha appena nove automobili per coprire l'intera città, che è grande quasi quanto Padova, e ha il tasso più basso di agenti per cittadino in tutti gli Stati Uniti. Insomma, Flint ha sperimentato una crisi industriale catastrofica che smentisce alcuni luoghi comuni sulle ragioni della deindustrializzazione statunitense, visto che ha anticipato – e di molto – sia l'approvazione dei contestatissimi trattati di libero scambio che la crisi globale del 2008. Ci torneremo a breve. Soprattutto, però, Flint ha sperimentato una crisi industriale che l'ha portata a una situazione drammatica già prima di quella fredda giornata di primavera del 25 aprile 2014 da cui è iniziato questo racconto. Prima che il sindaco in visita all'impianto di pompaggio dell'acquedotto portasse il suo dito sull'interruttore, e l'acqua avvelenata cominciasse a scorrere nei tubi della città.

Flint fu commissariata nel 2011, quando era vicina alla bancarotta, per decisione dell'allora neogovernatore del Michigan, Rick Snyder, del Partito repubblicano. Negli Stati Uniti l'arrivo di un commissario non porta alla decadenza del sindaco e del consiglio comunale, che formalmente restano in carica, ma svuota quasi del tutto le loro competenze. Il commissario si chiama *emergency manager* e ha poteri speciali soprattutto in materia di bilancio: può prendere iniziative autonome per tagliare i costi e far tornare i conti anche senza seguire le normali procedure politiche.

Nel 2014 il commissario decise che si poteva risparmiare qualcosa cambiando la fonte di approvvigionamento dell'acqua. Fino a quel momento, infatti, il comune di Flint usava l'acqua del lago Huron comprandola dal comune di Detroit, che la prelevava e la depurava con i suoi impianti. Il commissario decise che il comune di Flint avrebbe costruito le infrastrutture necessarie per prendere l'acqua direttamente dal lago Huron, smettendo di comprarla da Detroit; ma siccome la costruzione avrebbe richiesto almeno un paio d'anni, e la situazione economica della città era disperata, non si poteva aspettare. Il comune di Flint avrebbe allora disdetto subito il contratto con il comune di Detroit, e nell'attesa che le infrastrutture fossero pronte avrebbe preso la sua acqua da un'altra parte: precisamente dal fiume che passa in città, il Flint River. L'acqua sarebbe stata trattata e depurata dal vecchio impianto idrico della città, fermo da cinquant'anni.

L'acqua del Flint River non è un'acqua particolarmente sporca o pericolosa, ma riflette la storia della città. È un'acqua ricca di cloro, per esempio, residuo delle tonnellate di sale gettate ogni inverno per decenni per non far gelare le strade, e trasportate poi dalla pioggia negli scarichi. Ed è il fiume nel quale per mezzo secolo gli agricoltori hanno scaricato acque ricche di pesticidi e fertilizzanti, e in cui gli stabilimenti della General Motors di Flint hanno portato i loro rifiuti industriali prima che una legge degli anni Settanta introducesse limiti più stringenti. Per queste ragioni, l'acqua del fiume aveva un grado di corrosività più alto del normale. Queste caratteristiche peraltro non erano uniche del Flint River: anche l'acqua del lago Huron, quella che la città di Flint comprava da Detroit, era corrosiva. D'altra parte a questo servono gli impianti di depurazione, e il procedimento per ridurre la corrosività dell'acqua è semplicissimo, economico e prescritto dalla legge: bisogna aggiungere degli ortofosfati. Una nozione da liceo scientifico. A saperla.

Dai rubinetti della città cominciò a uscire da subito un'acqua strana. Il colore era torbido, giallognolo; il sapore ferroso, l'odore sgradevole. Qualcuno cominciò a notare irritazioni sulla pelle dopo essersi lavato. Nel giro di poche settimane i primi residenti di Flint iniziarono a sollevare il problema, a parlarne con i vicini e con i colleghi, in chiesa o nelle assemblee di quartiere: non sapevano cosa stesse succedendo, ma sapevano che qualcosa non stava funzionando. La città non rispose alle richieste di spiegazioni, ma sei mesi dopo invitò la cittadinanza a bollire l'acqua prima di utilizzarla, per via di una possibile contaminazione da Escherichia Coli. E aggiunse del cloro, altro cloro, all'acqua che passava dall'impianto di depurazione.

Pochi mesi dopo anche gli operai di uno dei pochi stabilimenti di General Motors rimasti in città si accorsero che qualcosa non andava: i pezzi dei motori nella linea di produzione della fabbrica risultavano danneggiati dopo che erano stati lavati. L'azienda chiese che lo stabilimento venisse riallacciato alla rete idrica precedente, a quella che prendeva l'acqua del lago Huron attraverso gli impianti di Detroit; il commissario obbedì ma non fece nient'altro. Mentre lo stabilimento di General Motors diventava l'unico posto di Flint ad avere acqua pulita, i mesi diventarono anni. Centinaia di famiglie cominciarono a denunciare perdita di capelli, irritazioni cutanee, forti dolori allo stomaco; e a portare con sé in chiesa e alle assemblee cittadine bottigliette piene di acqua di rubinetto giallognola, a volte persino marrone, per mostrarle ai poliziotti, ai preti, ai politici locali, a qualcuno che potesse fare qualcosa. Il commissario rassicurò tutti più volte, dicendo che l'acqua era stata testata e non aveva niente che non andava; il sindaco andò in tv a berne sorridente un bicchiere.

Soltanto nel 2015 una donna decise di far analizzare autonomamente l'acqua di casa sua, e scoprì che conteneva un'altissima concentrazione di piombo. Il comune rispose che non era un problema della città, che il problema erano i tubi di casa sua. Era vero. Ma il problema erano tutti i tubi. L'acqua del Flint River, tecnicamente potabile ma più corrosiva del normale, non era stata trattata con gli ortofosfati: passando per le tubature, toccando le saldature e l'ottone dei rubinetti, si portava dietro batteri, ruggine e soprattutto piombo. La massima concentrazione di piombo nell'acqua prevista dalla legge statunitense è quindici parti per miliardo; oltre cinquemila la legge non definisce più quel liquido come acqua ma come rifiuto tossico. Le analisi della donna avevano rilevato la presenza di duemila parti di piombo per miliardo, due grammi per tonnellata. Successive analisi in altre abitazioni di Flint avrebbero rilevato la presenza di oltre tredicimila parti di piombo per miliardo. Tredicimila. Quasi tre volte più inquinata di un rifiuto tossico: questa era l'acqua che usciva dai rubinetti di Flint.

La contaminazione da piombo ha effetti pesantissimi sul corpo umano. Alcuni sono visibili subito dopo l'esposizione: irritazioni, perdita di capelli, mal di stomaco, calo della fertilità. Questi sono gli effetti che passano se si interrompe l'esposizione in fretta. Poi ci sono gli effetti permanenti, che a volte ci mettono anni a manifestarsi, ma a cui sono soggette le persone che subiscono un'esposizione continua per un periodo di tempo più lungo. Il piombo infatti imbroglia il nostro organismo, che lo confonde con il calcio e lo immagazzina quindi nelle ossa e soprattutto nel cervello. Semplificando, il corpo umano usa il calcio per far comunicare i neuroni; se al posto del calcio però arriva il piombo, le comunicazioni non avvengono più. Le sinapsi si indeboliscono e così le funzioni del cervello.

Nei bambini i danni sono ancora più gravi, perché il piombo arresta la crescita del cervello durante la fase cruciale dello sviluppo: e quando un bambino ha piombo nel suo sangue, non si può fare niente. Non è un'intossicazione reversibile, e gli effetti sono misurabili: a Flint i bambini mostravano un quoziente intellettivo che calava col passare dei mesi, invece che progredire. Le successive conseguenze si possono immaginare: calo dell'attenzione e della capacità di giudizio, difficoltà di apprendimento, processi decisionali insufficienti, incapacità di pianificare e calcolare i rischi, comportamenti antisociali, linguaggio poco articolato. Dato che il piombo si trasmette al feto durante la gravidanza, ci sono anche bambini nati già condannati. Il tutto in una città che era già al collasso, con istituzioni deboli, ospedali sgangherati, tassi di criminalità alti come quasi in nessun'altra città americana e scuole senza risorse. Non è finita. Una volta che l'acqua era piena di ruggine e piombo, anche il cloro perse efficacia. Risultato: a Flint arrivò una delle più gravi epidemie di legionella nella storia degli Stati Uniti, con novanta persone infettate e dodici morti.

Pensate a tutte le cose che tocca l'acqua, nella nostra vita quotidiana. La beviamo, ci prepariamo il tè o il caffè; la usiamo per cucinare, per lavare l'insalata e la frutta; ci riempiamo pentole e pentole. La usiamo per fare la doccia, per lavarci i denti, per lavare i vestiti che indossiamo e pulire i pavimenti su cui camminiamo. Pensate a tutte le volte in una giornata in cui entriamo in contatto con l'acqua del rubinetto, o con qualcosa che è entrata in contatto con l'acqua del rubinetto: non solo quella di casa nostra ma quella di tutta la città, di tutti i negozi, di tutti i bar, di tutti i ristoranti, di tutti i mercati. Ora immaginate che quell'acqua sia avvelenata: contaminata con una sostanza capace di arrecarvi danni gravi e permanenti. Immaginate di accorgervi che qualcosa non vada e di denunciarlo, ma senza che nessuno vi ascolti: e quindi immaginate di trovarvi ogni giorno, per due anni – voi, i vostri amici, i vostri figli – consapevolmente esposti a questo veleno.

Per quanto ancora all'oscuro della verità, a Flint i genitori insegnarono ai bambini delle nuove abitudini: non bere l'acqua del rubinetto, non lavarti i denti con l'acqua del rubinetto, non lavarti le mani con l'acqua del rubinetto. Le persone di Flint che potevano permetterselo cominciarono a usare solo acqua imbottigliata: non soltanto per bere ma anche per lavarsi, per cucinare, per lavare gli indumenti. Le persone di Flint che non se lo potevano permettere continuarono a usare l'acqua contaminata, pur sapendo o sospettando che fosse contaminata. Nel frattempo la gran parte dei residenti, per protesta contro il menefreghismo delle autorità cittadine, smise di pagare le bollette dell'acqua, aggravando i problemi di bilancio del comune.

Davanti all'inazione delle autorità cittadine – non essendo eletti da nessuno, ma nominati dall'alto e valutati solo in base al contenuto dei libri contabili, i commissari non hanno grande interesse nell'ascoltare gli elettori – furono i medici e gli scienziati a muoversi. Un docente della Virginia Tech, sollecitato dai residenti di Flint e insospettito dalla scarsa collaborazione delle autorità locali, osservò le prime analisi, prese a cuore la questione e mobilitò i suoi studenti: li mandò a Flint a spese del suo dipartimento perché prelevassero campioni di acqua dal più ampio numero di abitazioni possibile e seguendo un protocollo rigoroso, così che le analisi potessero avere una certa solidità scientifica. A settembre 2015, diciassette mesi dopo il momento in cui era stato premuto quell'interruttore, i risultati confermarono una volta per tutte che l'acqua di Flint era tossica. Gli studenti ricontattarono le famiglie avvisandole di installare immediatamente dei filtri in casa, allo scopo di limitare i danni: una spesa da 25 dollari per rubinetto. Diverse famiglie risposero di non poterseli permettere.

Nel frattempo un altro studio condotto autonomamente dall'ospedale pediatrico di Flint analizzò i campioni di sangue prelevati negli ultimi anni e riscontrò una percentuale raddoppiata di bambini con alti livelli di piombo nel sangue. Le autorità cittadine misero ancora in discussione i risultati, dicendo che gli esami non erano stati effettuati correttamente, e diffusero dati alternativi che si rivelarono poi manipolati. Gli scienziati furono accusati di fare inutile terrorismo, ma intanto il caso di Flint aveva finalmente cominciato ad attirare l'attenzione fuori dalla città e nel resto del paese, portando il governatore e la magistratura a intervenire. Lo Stato del Michigan iniziò a consegnare casse di bottiglie d'acqua a tutte le famiglie della città, installando a proprie spese filtri in ogni rubinetto. Un'indagine svelò le manipolazioni e portò all'incriminazione di tredici persone – tra cui il commissario e i funzionari che avevano screditato gli studi – per vari reati, tra cui omicidio colposo.

Le accuse sono state a sorpresa lasciate cadere a febbraio 2019, aggiungendo scandalo allo scandalo. Gli impiegati accusati di non avere trattato adeguatamente la corrosività dell'acqua hanno detto che non avevano sufficienti competenze, visto che negli ultimi cinquant'anni la fornitura idrica era passata attraverso gli impianti di Detroit, e che il commissario non se n'era preoccupato perché attirato esclusivamente dalle possibilità di risparmio. Nel frattempo la città è tornata a comprare l'acqua dal comune di Detroit, ma i tubi danneggiati dovranno essere tutti sostituiti: ci vorranno degli anni, oltre che almeno un miliardo e mezzo di dollari. Senza contare tutto il resto. Gli investimenti che non arriveranno, in un posto ridotto così. Il probabile ulteriore aumento della criminalità collegato alle intossicazioni da piombo. I risarcimenti che lo Stato del Michigan dovrà pagare ai residenti di Flint e i moltissimi soldi che bisognerà spendere per decenni per tentare di mitigare gli effetti della contaminazione sugli oltre ottomila bambini avvelenati, tra programmi educativi speciali, visite di specialisti, fornitura di cibi particolari. Il tutto per colpa di una procedura che era stata decisa innanzitutto per risparmiare.

Ci sono altre due cose che possiamo imparare da questa storia e che ci aiutano a capire cosa portò quel dito sull'interruttore, oltre alla crisi industriale di Flint. La prima riguarda la condizione dei neri negli Stati Uniti. Durante le indagini sulla contaminazione dell'acqua di Flint, emerse un'email interna tra due funzionari dell'EPA, l'ente federale per la protezione dell'ambiente. Quando le autorità si mossero finalmente per installare i filtri in tutte le abitazioni di Flint, infatti, lo Stato interpellò l'EPA per chiedere dei fondi. Discutendo cosa fare di quella richiesta, una dirigente scrisse: «Non sono così sicura che Flint sia il tipo di comunità per la quale vogliamo esporci così tanto». Altrove quei soldi sarebbero stati stanziati subito; per Flint, meglio di no.

Nei mesi e negli anni successivi alla crisi idrica, esperti e studiosi hanno sostenuto che un guaio come quello occorso all'acqua di Flint poteva capitare teoricamente anche altrove: le infrastrutture antiquate, le poche risorse, i funzionari pubblici incompetenti che cercano di coprirsi a vicenda, una bugia dopo l'altra. Teoricamente. Dall'altra parte, però, tutto questo è accaduto a Flint e non altrove, e c'è un ottimo argomento per sostenere che in realtà una crisi così assurda non poteva che capitare in un posto come Flint: in una delle città più povere d'America, in quella indicata storicamente come una delle più pericolose, dove è meglio non passare nemmeno per sbaglio. In questo «tipo di comunità», per usare le parole della dirigente dell'EPA: cioè una comunità composta in gran maggioranza da neri. È quella cosa che in America chiamano «razzismo sistemico». La storia di Flint è infatti, tra le altre cose, la storia di una città in cui il razzismo non è stato soltanto una teoria oppressiva e violenta sulla superiorità dei bianchi: è stata una *policy*, un metodo con cui si fanno le cose, allo scopo di rendere perenne l'inferiorità dei neri.

Negli anni Quaranta a Flint – come in quasi tutte le città statunitensi – gli agenti immobiliari avevano istruzione di vendere o affittare le case di certi quartieri solo ai bianchi, e anche dopo la fine ufficiale della segregazione c'erano comunque scuole frequentate solo da neri e scuole frequentate solo da bianchi. Negli anni dell'esplosione dell'industria dell'auto, uno dei metodi usati da General Motors per mantenere una situazione tranquilla in città era istituzionalizzare la segregazione razziale sul posto di lavoro: e le opportunità di carriera all'interno degli stabilimenti erano destinate quasi esclusivamente ai bianchi. Ma la segregazione era anche ben più subdola: i bianchi combattevano i mezzi di trasporto pubblici, perché erano i più usati dagli afroamericani; nei quartieri dei bianchi i comuni costruivano gallerie o ponti bassi abbastanza da impedire il passaggio degli autobus, così che gli afroamericani preferissero andare a vivere altrove; si usavano le nuove autostrade per separare i quartieri dei bianchi da quelli dei neri, e se qualcuno doveva sloggiare per far spazio al cantiere era chiaro a tutti a chi sarebbe toccato. Lo stesso avveniva altrove, da sempre.

Nonostante la Dichiarazione d'indipendenza degli Stati Uniti dichiari notoriamente che «tutti gli uomini sono stati creati uguali», i Padri fondatori pensavano a uomini con la pelle di un colore ben preciso; e la difesa della schiavitù dalla crescente ostilità degli inglesi fu anzi uno dei motivi – e quello di cui negli Stati Uniti si parla meno volentieri – per i quali gli americani cercarono quella stessa indipendenza. Gli schiavi non erano considerati esseri umani: la loro condizione era ereditaria e perenne, e i singoli schiavi potevano essere scambiati, smembrati, venduti, mutilati, comprati, stuprati, dati in pegno, regalati. Niente poteva appartenere agli schiavi, nemmeno i loro figli; tutto si poteva fare di loro, e tutto gli veniva fatto. I pochi afroamericani che riuscivano a riscattarsi dalle gabbie e dalle catene, in senso letterale, venivano spesso uccisi impunemente; le loro imprese distrutte, se osavano aprirne una; le loro fortune saccheggiate.

Questo andazzo proseguì per molto tempo dopo la formale abolizione della schiavitù – seguita a una guerra nella quale centinaia di migliaia di persone erano morte pur di difenderla – grazie all'imposizione legale di una vera apartheid costruita allo scopo di continuare a trattare i neri come subumani, e isolarli dalla vita pubblica. «*Separate but equal*» stabilì la Corte suprema, ma di *equal* non c'era niente. La segregazione informale era onnipresente – tutto esisteva in due versioni, dalle scuole alle cabine telefoniche, dai parcheggi ai cimiteri, e solo una delle due era dignitosa –

e così la violenta sottomissione dei neri, che non potevano testimoniare contro un bianco, che dovevano fargli spazio sui marciapiedi o al bancone del bar, che erano soggetti a ogni tipo di prepotenza. Nessuna vera emancipazione poteva essere consentita. Dopo aver impedito per secoli ai neri di imparare a leggere e scrivere, si stabilì che solo chi sapeva farlo poteva votare. Quando con il New Deal il governo federale si impegnò a sostenere il mercato immobiliare attraverso i mutui garantiti dallo Stato, stabilì che queste agevolazioni non sarebbero arrivate ovunque: i quartieri abitati in gran parte da afroamericani vennero evidenziati in rosso nelle mappe – da qui il nome che prese questa pratica, *redlining* – e non avrebbero percepito niente.

Ancora in pieno Novecento gli imprenditori afroamericani di successo venivano uccisi e derubati senza conseguenze, mentre chi osava ribellarsi veniva linciato. Le cose sono cambiate lentamente e inesorabilmente, per fortuna, ma sono ancora lontanissime dalla normalità. Il funzionamento del sistema giudiziario nel corso degli anni, per esempio, riflette ancora oggi questa asimmetria: non esiste un solo tipo di reato che non veda ancora una gigantesca sproporzione di pene e condanne a svantaggio dei neri; e il progressivo strumentale irrigidimento delle norme ha permesso di condannare all'ergastolo anche ragazzini di tredici anni che avevano commesso reati non violenti. Quasi tutti neri: come peraltro sono in maggioranza i detenuti negli Stati Uniti, il paese che mette in proporzione più persone in carcere in tutto il mondo, nonostante gli afroamericani siano il 13 per cento della popolazione. Nel frattempo le storie di neri uccisi dalla polizia a un posto di blocco o in mezzo alla strada circolano settimanalmente, senza conseguenze, e molti Stati continuano a cercare norme e cavilli per limitare la partecipazione degli afroamericani alle elezioni.

In una nazione che ha solo trecento anni di vita e ne ha

passati duecentocinquanta a sottomettere i neri con tutta la forza dello Stato – la legge sui diritti civili è solo del 1964 – una segregazione così sistematica e con radici così profonde si è riprodotta spontaneamente a Flint quando il suo sistema economico è crollato: la maggior parte dei bianchi se l'è cavata o se n'è andata, la maggior parte dei neri è rimasta e nessuno si è più occupato della città, se non per commissariarla e ignorare quasi due anni di proteste mentre le persone bevevano rifiuti tossici. La deindustrializzazione ha fatto male a tutto il Michigan, ma a pochi posti ha fatto male come a Flint: e mentre Flint affondava, e i suoi bambini subivano danni irreparabili, a pochi chilometri si trovava comunque un qualche modo di restare in piedi, in città che avevano almeno l'acqua pulita e l'asfalto senza buche. Come ha scritto Richard Manning, giornalista e scrittore originario di Flint, quello che è capitato è una specie di piccolo esperimento sociale: non è che i posti come Flint fossero i soli ad avere problemi in Michigan o nel Midwest, ma quelli sono i posti in cui è stato tirato il confine. Nei posti come Flint è stata praticata per decenni una specie di esternalizzazione dei problemi, per cui tutto quello che funzionava è stato progressivamente portato via e tutto quello che non funzionava è stato abbandonato lì, per cui a ogni crisi è seguita un'altra crisi, a ogni disastro è seguito un altro disastro, dando la città per irrecuperabile e in questo modo rendendola effettivamente irrecuperabile.

Lo stesso è successo a Detroit, la più grande e famosa città del Michigan, l'epicentro della rivoluzione tecnologica dell'auto. La città passò dai duecentomila abitanti del 1900 ai novecentomila del 1920 al milione e mezzo del 1950, trascinata dal successo dell'industria pesante. Una nuova classe media nacque da zero prosperando e incorporando persone da tutto il mondo; nelle scuole della città si parlavano anche trenta lingue diverse, la scena culturale era vivacissima e in generale Detroit era considerata un modello, «la Parigi del Midwest». Come per Flint, immaginate però cosa succede quando le cose smettono di andare bene - quando le fabbriche chiudono e centinaia di migliaia di persone smettono di lavorare - in una città che abbia sperimentato questa crescita improvvisa riproducendo tutti gli schemi della segregazione razziale. Tutto si sgretola molto più in fretta. Non è un caso se negli anni Ottanta, quando un produttore americano volle girare un film su Robocop, un superpoliziotto in grado di sconfiggere il crimine più infestante nella città più degradata, decise di ambientare la storia proprio a Detroit. Fu in quel periodo che l'allora sindaco della città, Coleman Young, rivolse una specie di sgangherato e rabbioso appello pubblico ai criminali, agli spacciatori, ai violenti: prendete la Eight Mile Road e andatevene. Fu un'uscita particolarmente infelice, entrata nella storia della città. La Eight Mile Road è una lunga strada che circonda il centro di Detroit e già all'epoca separava le zone periferiche abitate dalla classe media bianca da quelle centrali abitate dai neri e dai più poveri. Anche grazie a quelle dichiarazioni, diventò una specie di linea di confine: ancora oggi per i più anziani è una sorta di barriera psicologica, e ci sono persone che si vantano di non andare in centro da anni.

Quelli che riuscirono a lasciare Detroit però, alla lunga, furono proprio quelli della classe media bianca: si stabilirono in nuove città a venti, trenta miglia di distanza, come Troy o Birmingham, dove la qualità della vita è ancora oggi molto alta. Il resto rimase come in quarantena: dopo decenni di cattiva amministrazione e corruzione endemica, e mentre la popolazione si riduceva di due terzi e in città restavano praticamente soltanto i neri, nel 2008 l'allora sindaco Kwame Kilpatrick si dimise, per poi essere condannato a ventotto anni di carcere per truffa, riciclaggio e associazione a delinquere. La crisi economica globale fu il colpo di grazia. La città dichiarò bancarotta: la più grande città a fallire nella storia degli Stati Uniti. La metà degli abitanti smise di pagare le bollette e le tasse. L'illuminazione pubblica era quasi tutta fuori uso. Il trasporto pubblico inesistente o quasi. La vecchia stazione di Detroit, da cui una volta il mondo intero andava e veniva, diventò un set per film apocalittici. La circondavano interi quartieri fantasma ormai completamente spopolati, come dopo il passaggio di un virus mortale. Case, palazzi, chiese, ospedali, fabbriche, tutto vuoto, e in condizioni pietose. Oggi a Detroit le cose non sono cambiate granché, nonostante qualche piccolo e incoraggiante miglioramento, e questo ci porta alla seconda cosa che possiamo imparare dalla vicenda di Flint e del Michigan.

Cosa è successo, alla fine della fiera? Perché la prosperità del dopoguerra a un certo punto si è interrotta così bruscamente, a Flint come a Detroit, nel Michigan come negli altri Stati del Midwest, cuore del settore manifatturiero statunitense e un tempo motore industriale dell'economia del paese, dal Wisconsin all'Ohio, dalla Pennsylvania all'Illinois? Se si rivolge questa domanda ai diretti interessati, le persone che abitano in questi Stati, si ottiene quasi sempre una sola parola: NAFTA. Non si parla di gasolio. NAFTA è un acronimo che sta per North American Free Trade Agreement. È un trattato commerciale, un accordo di libero scambio che Stati Uniti, Canada e Messico hanno firmato nel 1994. Il NAFTA ha facilitato tantissimo il commercio tra questi tre paesi, eliminando tasse e dazi, e moltissimi sostengono che le aziende ne abbiano approfittato per chiudere stabilimenti in Michigan e trasferirli in Messico, dove il costo del lavoro è molto più basso, per poi importare negli Stati Uniti le auto che una volta erano fabbricate in America. Il tutto mentre le aziende che decidevano di continuare a produrre negli Stati Uniti si trovavano improvvisamente costrette a competere con chi poteva fare prezzi molto più bassi, visto che produceva a costi molto più bassi.

Questa tesi è forse uno dei pochi argomenti bipartisan in mano alla politica statunitense nella nostra epoca, dalla destra alla sinistra, dal presidente Donald Trump al senatore Bernie Sanders: ma come sappiamo l'ostilità ai trattati commerciali è un tema ormai globale, un mantra ampiamente diffuso anche in Europa. Se tutti lo dicono sarà vero per forza, si potrebbe pensare. Eppure i dati e gli studi prodotti in questi anni sostengono in modo piuttosto univoco che il NAFTA abbia avuto un effetto limitato sull'economia del Michigan, per restare al nostro caso, e che di sicuro non abbia causato catastrofi. Il 95 per cento degli economisti importanti consultati da un sondaggio nel 2012 – quindi ampiamente dopo la deindustrializzazione e la crisi globale – ha detto anzi di credere che in media l'economia americana abbia beneficiato del NAFTA. La Camera di commercio degli Stati Uniti ha stimato che il NAFTA abbia fatto aumentare gli scambi commerciali in modo positivo e conveniente anche per le imprese americane, e anzi abbia permesso agli Stati Uniti di resistere alla crescente influenza commerciale della Cina. Senza contare che un terzo dei beni che il Michigan produce ed esporta viene importato proprio dal Messico, e che la deindustrializzazione è cominciata quasi vent'anni prima dell'entrata in vigore del NAFTA.

Sia chiaro, gli abitanti del Michigan la crisi non se la sono sognata: soltanto dal 2000 a oggi e soltanto nel settore manifatturiero sono spariti 500.000 posti di lavoro, quasi il 10 per cento del totale. Il resto del Midwest ha sperimentato un simile collasso. Ma le analisi e gli studi mostrano che la grandissima parte di questi posti di lavoro è andata perduta a causa dell'automazione, dei macchinari impiegati nelle fabbriche che hanno rimpiazzato gli operai. La concorrenza con il Messico è un problema, ma lo è anche per via di fenomeni che non c'entrano col NAFTA, come la svalutazione del peso, la moneta messicana, negli anni Novanta; e la concorrenza dei produttori asiatici, con la loro altissima produttività, ha fatto molto male al settore dell'auto statunitense a prescindere dagli accordi di libero scambio. Infine, ci sono stabilimenti che hanno chiuso in Michigan e nel Midwest per riaprire sempre negli Stati Uniti ma in posti meno sindacalizzati, come gli Stati del Sud. Le cose sono complicate.

Al contrario di quanto accaduto al Texas, che ha usato la prosperità portata dalle vaste risorse petrolifere per diversificare la propria economia, tanto da superare più o meno indenne le oscillazioni internazionali dei prezzi, il Midwest ha girato a lungo quasi solo attorno all'industria pesante e alla manifattura, e alla formidabile capacità di lavoro e sacrificio dei suoi operai. Gente che davvero ha costruito la spina dorsale dell'America, i suoi ponti, le sue strade, le sue automobili, e che ora sta pagando il conto più salato. Quando il meccanismo si è inceppato, è iniziata una spirale negativa che non si è ancora riusciti a invertire: la fuga dei laureati e degli operai specializzati verso altri Stati ha depauperato la società, le pubbliche amministrazioni non sono più riuscite a pagare beni e servizi davanti al crollo delle entrate fiscali, le città sono diventate più pericolose e degradate, oltre che più aride dal punto di vista culturale e sociale.

Mentre alcuni pezzi del paese sono ripartiti a tutta velocità dopo la crisi globale del 2008 – lo vedremo tra poco – nel Midwest la riconversione dell'economia va ancora a rilento, la ripresa è stata molto più debole che altrove e il tasso di disoccupazione racconta una verità parziale: i posti di lavoro che sono stati creati negli ultimi dieci anni sono ben più precari e peggio retribuiti di quelli persi nei decenni precedenti. Se le comunità popolate dagli afroamericani sono in assoluto quelle che stanno peggio, anche moltissimi bianchi della classe operaia vivono in situazioni difficili e poco raccontate. Oggi il Midwest è la regione statunitense dove l'abuso di farmaci a base di oppiacei ha fatto il maggior numero di vittime, per esempio, ma in generale è la regione dove – soprattutto nelle piccole città e nelle aree rurali e semi-rurali – i tassi di povertà e disoccupazione sono più alti, mentre l'aspettativa di vita e la scolarizzazione sono più basse; la regione dove ci sono più suicidi e più diagnosi di diabete, obesità e cancro, eppure meno medici e meno ospedali che altrove. È una regione dove i cambiamenti demografici sono avvenuti traumaticamente, a strappi, e dove hanno attecchito più facilmente gli argomenti di chi vede con ostilità e paura il fatto che l'America stia diventando un paese sempre meno bianco.

Ad Hamtramck, una città a pochi chilometri da Detroit che si è sviluppata all'inizio del Novecento attorno a una fabbrica, lo spopolamento causato dalla deindustrializzazione unito alla nuova immigrazione degli ultimi vent'anni ha portato alla formazione di un consiglio comunale composto in maggioranza da persone musulmane; lo avversano i residenti di lunga data, ormai minoranza, in gran parte a loro volta immigrati dall'Europa dell'Est, come mostrano i piatti serviti nei ristoranti e gli altarini per Karol Wojtyła agli angoli delle strade. Nel frattempo i nuovi investimenti nel Midwest sono pochi e faticano a decollare, anche quando promettono bene, e a volte espongono la popolazione a esperienze umilianti che solo vent'anni fa sarebbero state considerate impensabili. La storia della grande fabbrica di vetri per automobili dell'Ohio rilevata da un gruppo cinese e raccontata dal famoso documentario *Made in USA - Una fabbrica in Ohio*, prodotto dai coniugi Obama per Netflix, mostra quanto siano abissali oggi le differenze tra le fabbriche statunitensi e quelle cinesi, e quanto sia complicato per le prime anche solo pensare di fare concorrenza alle seconde, che godono ancora oggi di turni di lavoro lunghissimi, assenza di ferie e sindacati e un certo disinteresse per la sicurezza degli operai.

Ma è eloquente anche la vicenda che ha coinvolto negli

ultimi anni una città del Wisconsin con un glorioso passato industriale – è il posto dove venne inventato il primo motore in grado di funzionare sia a corrente continua che alternata – e un presente di sofferenze e sacrifici. A Racine, ottantamila abitanti, nel 2017 arrivò la proposta di un colossale investimento da parte di Foxconn, la grande società taiwanese che produce componenti di dispositivi tecnologici diffusissimi come gli iPhone. Un nuovo enorme stabilimento sarebbe sorto in città per costruire schermi LCD e sarebbe partito con un investimento da oltre dieci miliardi di dollari, per sviluppare una fabbrica grande quanto l'ILVA di Taranto e assumere tredicimila persone. C'erano solo due condizioni: tre miliardi di dollari in credito d'imposta e tempi strettissimi per l'approvazione dei progetti. Il sindaco accettò e l'accordo fu firmato in totale segretezza, come imposto dall'azienda; nel frattempo la città si era impegnata anche a costruire a proprie spese tutte le infrastrutture di trasporto, allargando un'autostrada ed espropriando le abitazioni e i terreni privati sul luogo dove sarebbe dovuto nascere l'impianto.

Era il più grande pacchetto di aiuti pubblici mai approvato negli Stati Uniti per una società straniera, ma Foxconn tarda a mantenere le promesse. Alla fine del 2019 la costruzione degli stabilimenti va ancora molto a rilento, e quelli già tirati su sono vuoti; i dipendenti sono solo poche centinaia, molti dei quali assunti con contratti di stage, contro i duemila che Foxconn aveva promesso di assumere a quel punto. Alcuni dicono che è solo questione di tempo, ma altri ipotizzano che fosse tutto previsto fin dall'inizio: promettere tantissimo per ottenere le migliori agevolazioni, e poi tagliare l'investimento. Il nuovo governatore del Wisconsin ha detto di non credere che Foxconn manterrà l'impegno relativamente al numero di assunzioni, nonostante le onerosissime convenzioni non siano reversibili. C'è chi sostiene che Foxconn si stia muovendo con i piedi di piombo anche a causa della guerra commerciale aperta con la Cina dall'amministrazione Trump, che per il momento non ha prodotto grandi risultati per i lavoratori e gli imprenditori americani: il governo statunitense si è impegnato a versare loro in forma di sussidi l'intero ricavato dalle tariffe pagate dalle imprese cinesi, per compensare i danni causati dai dazi.

Nonostante questo, in una dinamica ormai comune a quasi tutte le democrazie occidentali contemporanee, gli elettori bianchi della classe operaia, impoveriti da anni di stagnazione, a lungo ignorati dai media, incattiviti contro gli immigrati e frustrati dal racconto di una ripresa galoppante che non hanno visto neanche col binocolo, vedono in Trump un paladino e un interprete della loro rabbia. Alle elezioni presidenziali del 2016 il Midwest è stato la regione decisiva: sebbene Trump abbia preso in tutto ben tre milioni di voti in meno della sua avversaria, Hillary Clinton, è riuscito a superarla nei grandi elettori grazie alle vittorie ottenute per un soffio in Michigan, Wisconsin e Pennsylvania. Poco più di centomila voti che hanno cambiato la storia americana, provenienti da un posto che aveva fatto più di altri la storia americana.

V
L'eclissi

Se il Midwest e le zone rurali si trovano ancora – e da decenni – in grosse difficoltà economiche, incapaci di recuperare il protagonismo e la vivacità degli anni Sessanta e Settanta, da dove viene allora lo sviluppo che porta ancora oggi l'economia degli Stati Uniti a crescere a tassi annuali vicini al 3 per cento, che in Europa da tempo persino la Germania può solo sognare? Da dove arrivano gli oltre centosei mesi consecutivi di crescita dell'occupazione, un record storico iniziato nel 2011? La risposta va cercata innanzitutto nelle grandi città e poi negli Stati del Sudovest, Colorado, Nevada, Utah, New Mexico, Texas, Arizona: da diversi anni la regione economicamente più dinamica del paese e quella più variegata dal punto di vista etnico e demografico.

Ma il vero pilastro di questa crescita economica è un luogo molto più intuitivo, perché è anche il pilastro della vita di miliardi di persone in tutto il mondo, italiani compresi. È il posto in cui probabilmente sono stati pensati e progettati il telefono che abbiamo in tasca e il nostro computer. I microprocessori che fanno funzionare più o meno qualsiasi cosa e i software che fanno andare avanti la nostra impresa. L'app che usiamo di più per comunicare, quella con cui guardiamo i video e quella che ci permette di non perderci quando guidiamo. Una parte minoritaria ma non trascurabile dei vestiti che indossiamo. Il motore di ricerca sul quale cerchiamo ogni giorno qualsiasi cosa. E i prodotti culturali – film, televisione – che cambiano le nostre giornate, che costruiscono il nostro immaginario, le nostre idee, le nostre emozioni e i nostri desideri: che plasmano chi siamo.

I film e le serie tv si fanno in tutto il mondo, ma c'è un'ottima possibilità che leggendo quest'ultima frase vi sia venuto in mente qualcosa nato e prodotto a Hollywood, cioè in California. Da Disney a Google, con i loro vari Pixar, 20th Century Fox e YouTube, da Apple a Levi's, da Visa a Facebook, con i suoi Instagram e WhatsApp, se domani sparissero improvvisamente tutte le imprese californiane e i loro prodotti, la vita di una buona parte del pianeta smetterebbe di funzionare. E l'elenco non finisce mica qui. Oracle, Twitter, Universal Studios, Airbnb, Intel, Netflix, Cisco, Warner Bros., Tesla, Mattel, Sony Pictures, Live Nation, Uber, LinkedIn, Dropbox, Paramount, eBay, PayPal, Slack, HP, Western Digital e la sua SanDisk, The North Face, FitBit, GoPro, Salesforce, Banana Republic. Eccetera eccetera. Tutte californiane, come altre società gigantesche ma meno note in Europa: Wells Fargo, una delle più grandi banche al mondo; Chevron, enorme società petrolifera; Amgen, leader mondiale nelle biotecnologie; Qualcomm, che produce semiconduttori; Gilead, una delle principali case farmaceutiche del pianeta. E come Wikipedia, sostenuta e ospitata da una fondazione non profit con sede a San Francisco, cioè in California. Per farsi un'idea: la Silicon Valley ha uno dei redditi pro capite più alti del mondo e un prodotto interno lordo superiore a quello dell'intera Finlandia o dell'Arabia Saudita; ci sono zone della California in cui l'economia cresce a tassi annuali pari a quelli cinesi, tra il 6 e l'8 per cento.

Le ragioni di questo predominio sono tante. Alcune sono storiche e peculiari di questo pezzo di America: i grandi investimenti del governo nel settore della Difesa intorno alla Seconda guerra mondiale, per esempio. La facilità di ottenere credito e la grande presenza odierna di fondi e imprenditori disposti a investire su aziende giovani e rischiose, pur sapendo che la gran parte degli investimenti andranno perduti (mentre in Europa, salvo poche eccezioni, il business delle banche è diventato pavido e a rischio zero). Un entusiasmo sincero e quasi infantile nei confronti di qualsiasi cosa sia nuovo, unito a una forte allergia al passato e alla conservazione dell'esistente (mentre in Europa nessuna legge è più forte di quella per cui «si è sempre fatto così»). Altre ragioni accomunano la California agli altri posti degli Stati Uniti più vivaci e dinamici dal punto di vista economico, come un'istruzione di altissimo livello, con le università che ogni anno attirano e formano alcune tra le persone più talentuose al mondo, e in generale una storica accoglienza verso gli immigrati provvisti di idee e voglia di fare.

Altre ancora si ravvisano in tutti gli Stati Uniti, anche nelle zone oggi in maggiori difficoltà dove non riescono da sole a produrre ricchezza. Un senso estremo della responsabilità individuale e del valore della concorrenza. Un'abbondanza di risorse naturali. Un ciclo dei consumi che si autoalimenta, in un'economia fondata ancora oggi molto più sulla domanda interna che sulle esportazioni. Un peso del lavoro nella definizione della propria identità che noi europei forse abbiamo un po' perso, e una capacità mostruosa e non completamente sana di lavorare fino allo sfinimento: gli americani fanno pochissime ferie, e strabuzzano gli occhi quando scoprono che in Europa ogni lavoratore ha diritto a un mese di vacanza. Un mondo del lavoro supercompetitivo e superflessibile che fa crescere la produttività ed espone le persone a una quantità di rischi e opportunità imparagonabile a quella europea, nel bene e nel male. Un sistema di leggi che premia l'imprenditorialità più di ogni altra cosa.

Per fare il più facile e contemporaneo degli esempi: da qualche anno le città statunitensi sono piene di monopattini elettrici. Si possono noleggiare con un'app anche per pochi minuti e lasciare dappertutto dopo averli usati. Un business nato dal nulla nel quale oggi operano società valutate anche due miliardi di dollari. C'è un ampio dibattito attorno all'uso dei monopattini, alla loro pericolosità e alla sostenibilità del business delle aziende che li mettono per le strade. Ma intanto i monopattini sono lì che circolano, milioni di persone li utilizzano, e le autorità cittadine nel frattempo aggiustano regolamenti e norme; il servizio col tempo cambierà, alcune società falliranno, altre resteranno sul mercato. In Italia i monopattini elettrici sono arrivati in poche città all'inizio del 2019, Milano su tutte, ma poi a giugno un decreto del governo ha inserito limiti così stringenti per il loro utilizzo – e per l'adeguamento di strade e piste ciclabili – che il giorno di Ferragosto il comune di Milano ha ordinato alle società di rimuovere i monopattini elettrici dalle strade entro tre giorni.

È possibile che il provvidenziale intervento del governo ci abbia salvati dal grande pericolo rappresentato dai monopattini elettrici, chissà: nel dubbio, li abbiamo momentaneamente fatti fuori. In America intanto circolano, contribuendo a far muovere le persone e l'economia. E lo stesso vale in ogni momento per chissà quante idee e settori. Oltre a essere affascinanti e terrorizzanti insieme, queste contraddizioni permettono di imparare molto sulle conseguenze di una crescita economica così solida e di un contesto così brulicante di opportunità. È molto interessante, infatti, che una posizione di simile dominio economico si sia sviluppata in un contesto politico e legislativo particolarmente disfunzionale.

In molti paesi del mondo, Italia compresa, non è possibile organizzare referendum su materie economiche. In California invece si può, e ai suoi abitanti i referendum piacciono moltissimo. Dal 1911 a oggi si sono tenuti in media più di tre referendum ogni anno, sulle materie più disparate, e ne sono stati approvati più di cento: uno di questi, nel 1964, sancì persino il diritto inalienabile dei cittadini a usufruire gratis della tv a pagamento, prima di essere dichiarato incostituzionale. Nello stesso periodo di tempo la Costituzione dello Stato è stata modificata per cinquantadue volte a seguito di un referendum, ma sono i quesiti economici quelli che hanno lasciato il segno più duraturo e profondo.

Nel 1978, durante un periodo di grande instabilità politica e nervosismo dell'opinione pubblica, agli elettori della California fu chiesto se avrebbero voluto ridurre le tasse sulle proprietà immobiliari al punto quasi da azzerarle. Il quesito fu approvato con una maggioranza dei due terzi, nonostante i molti ammonimenti sul rischio di mandare le finanze dello Stato a gambe all'aria: venne stabilito che i proprietari non potessero essere tassati per più dell'1 per cento del valore di mercato dei loro immobili, e soprattutto che quel valore di mercato venisse aggiornato solo al momento di un'eventuale vendita. Le conseguenze di quel referendum furono grandissime. Il gettito fiscale dello Stato si ridusse del 60 per cento. Il governo della California e le varie città si sforzarono di diventare più efficienti, cosa di cui avevano indubbiamente bisogno, ma si trovarono comunque costretti a licenziare migliaia di impiegati e ridurre molto quantità e qualità dei servizi erogati. Pensata per incentivare il possesso degli immobili, una norma così profondamente regressiva ottenne la conseguenza opposta: visto che ogni compravendita comportava una rivalutazione degli immobili a fini fiscali, vendere una casa per comprarne un'altra era diventato improvvisamente svantaggiosissimo. Ancora oggi in California due proprietà identiche, una comprata prima del 1978 e una magari nel 2018, comportano esborsi fiscali abissalmente diversi; anche per questo motivo la California oggi ha un tasso di proprietari di case molto più basso di quello nazionale, e superiore solo a quello di New York. Senza contare che, prima dell'approvazione del referendum, i fondi ottenuti dallo Stato con la tassa sulle proprietà immobiliari venivano investiti soprattutto nelle scuole, che si trovarono costrette a licenziare migliaia di insegnanti e ridurre attività e programmi. Inevitabilmente, la risposta fu un altro referendum.

Dieci anni dopo, nel 1988, su proposta dei sindacati degli insegnanti fu chiesto agli elettori della California se avrebbero voluto destinare all'istruzione ogni anno almeno il 40 per cento del budget complessivo dello Stato. Una percentuale fissa, a prescindere dal fatto che in un determinato anno quei soldi servissero o meno, che ci fosse una recessione o un boom economico; e soprattutto senza indicare dove prendere quei soldi e come. Ma chi potrebbe mai opporsi a dare più soldi alla scuola? Anche quel referendum fu approvato. Da allora e ancora oggi, ogni volta che la California deve approvare la sua legge di bilancio, deve fare i conti con questi paletti: e parliamo di uno Stato da quaranta milioni di abitanti, che se fosse indipendente sarebbe la quinta economia del mondo. Anche per questo motivo, tra la fine degli anni Novanta e l'inizio del nuovo millennio il funzionamento del governo era diventato fragilissimo e la qualità dei servizi pubblici era precipitata. Mentre il Congresso statale era diventato un campo di battaglia, i referendum e la minaccia dei referendum avevano di fatto rimpiazzato la normale attività legislativa: la dialettica politica era diventata sempre più aggressiva e polarizzante, l'opinione pubblica incattivita e rabbiosa.

Nel frattempo la crisi della new economy aveva colpito particolarmente duro, e aveva mostrato quanto fossero spuntate le armi del governo locale per stimolare l'economia senza poter agire sulla leva fiscale: intervenne allora un altro referendum, approvato nel 2004, che costrinse lo Stato ad accantonare ogni anno l'1,5 per cento delle entrate in un fondo da usare nei momenti di difficoltà economica, e limitò ulteriormente la capacità della politica di gestire e far funzionare le finanze pubbliche. Stanchi, frustrati e arrabbiati per una situazione di cui erano sicuramente complici, gli elettori raccolsero abbastanza firme da indire elezioni anticipate, in base a quanto previsto dalla Costituzione dello Stato. In una dinamica che potrebbe suonarvi familiare, quell'insofferenza portò all'elezione di un uomo dello spettacolo senza nessuna esperienza politica, che durante i comizi con aria da spaccone ripeteva le frasi più famose dei suoi film: Arnold Schwarzenegger.

Al di là della successiva evoluzione politica del personaggio – dopo aver governato per un paio d'anni da destra, promuovendo ulteriori tagli alle tasse e ai servizi, Schwarzenegger diventò rapidamente impopolare e si risollevò cambiando completamente linea e spostandosi molto al centro, se non a sinistra – questo passaggio è interessante ancora oggi perché mostra come la capacità della California di fare da avanguardia possa sconfinare anche nella politica. Come Schwarzenegger diventò governatore della California nel 2003, circa tredici anni prima dell'elezione di Donald Trump alla Casa Bianca, anche Ronald Reagan diventò governatore della California nel 1966, quindici anni prima di diventare presidente degli Stati Uniti. La California fu riconquistata dai democratici negli anni Novanta, quattordici anni prima che i democratici si riprendessero il Congresso e si preparassero all'ascesa di Barack Obama.

Oggi la politica in California è meno disfunzionale di un tempo. La fortissima espansione economica degli ultimi dieci anni è riuscita a mettere comunque a posto le finanze dello Stato, nonostante tutto, facendole passare dal deficit di 27 miliardi di dollari del 2011 a un surplus; d'altra parte soltanto uno dei sette codici di avviamento postale della sola città di Palo Alto paga oggi quasi un miliardo di dollari ogni anno in tasse sul reddito, e poi ci sono tutte le altre. I requisiti per proporre un referendum sono diventati più complessi da soddisfare – anche se è nato un business di società organizzate e specializzate nella raccolta di firme, per esempio – e i governi hanno trovato dei modi per aggirare parzialmente le prescrizioni sulla spesa pubblica stabilite dai vecchi quesiti. La tassa sulle proprietà immobiliari, ancora bassissima e intoccabile, è stata compensata da forti e ripetuti aumenti delle tasse sui redditi, sul commercio e sul carburante. Ma un contesto più stabile non è necessariamente un contesto più equo, e la prosperità evidentemente non coinvolge tutti. In parte per via della forma che hanno le imprese di successo del XXI secolo: Facebook fa il triplo dei profitti di Walmart con un sessantesimo dei dipendenti. In parte per la riluttanza di una buona parte dell'elettorato – anche di un elettorato progressista come quello californiano – ad attuare misure che riducano davvero le diseguaglianze e rendano più facile la vita di chi ha meno. L'esempio perfetto di questa situazione è la città di San Francisco.

Fino a centocinquant'anni fa San Francisco praticamente non esisteva: nel posto dove ora vivono otto milioni di persone ce n'era appena qualche migliaio. Quello che trasformò San Francisco in una vera città fu la corsa all'oro. Quando intorno alla metà dell'Ottocento si cominciò a trovare oro nella zona della baia, decine di migliaia di persone raggiunsero San Francisco e fecero fortuna; la stessa famosissima Chinatown di San Francisco nacque nel 1870 come insediamento degli operai cinesi nelle miniere. Di decennio in decennio la popolazione della città crebbe moltissimo, ma San Francisco restò – ed è ancora oggi – una città statunitense atipica, perché non è una megalopoli: ha appena ottocentomila residenti ed è grande quanto Siena. E qui cominciano i problemi.

Un posto così piccolo che da più di mezzo secolo attira centinaia di migliaia di persone da tutta l'America e da tutto il mondo avrebbe avuto bisogno di un forte e ragionato programma di sviluppo immobiliare, invece da decenni a San Francisco e nei suoi dintorni non si costruiscono nuove abitazioni se non per i super-ricchi, e comunque sporadicamente. La contea di Santa Clara, che comprende una buona parte della cosiddetta Silicon Valley, negli ultimi cinque anni ha creato una nuova abitazione per ogni sei nuovi posti di lavoro. L'aumento della domanda e la contrazione dell'offerta hanno avuto conseguenze prevedibili sui prezzi. Oggi a San Francisco un posto letto – non una casa, non una stanza: un posto letto – può costare fino a 2500 dollari al mese, se è in una buona posizione; altrimenti bisogna pagarne almeno 1000 e rassegnarsi a vivere a un'ora o due di distanza dal posto in cui si lavora. Negli ultimi cinque anni il prezzo degli affitti e delle case è aumentato del 75 per cento; una famiglia di quattro persone che guadagna 100.000 dollari l'anno è considerata a basso reddito. In America dicono: se vuoi sapere quanto costa una casa a San Francisco, guarda quanto costa una casa identica nel Midwest e aggiungi un milione di dollari. Pur di evitare ore e ore di pendolarismo, chi è sottoposto a turni di lavoro particolarmente duri decide sempre più spesso di dormire in macchina durante i giorni feriali, in uno dei tanti parcheggi della città e dei dintorni che restano aperti a questo scopo tutta la notte; capita anche agli agenti di polizia, tanto da avere spinto i commissariati a dotarsi di dormitori per i propri agenti pur di evitargli questo umiliante disagio.

Come si è arrivati a questo punto? Un po' perché manca fisicamente lo spazio, ma soprattutto perché i residenti si oppongono alle nuove costruzioni grazie a delle norme che gli permettono di fatto di mettere il veto sui cantieri nel proprio quartiere: ufficialmente per evitare la nascita di dormitori a cielo aperto, ufficiosamente per evitare il deprezzamento degli immobili esistenti e rendere così più eterogenea la composizione demografica del posto in cui hanno comprato casa. Non importa che la popolazione di San Francisco sia largamente di sinistra e che detesti Trump: quello che i repubblicani cercano di fare con i muri di confine e le norme contro gli immigrati, i progressisti bianchi e benestanti della California lo fanno con gli ostacoli allo sviluppo urbanistico posti allo scopo di preservare «l'identità locale» e mantenere più basso possibile il numero di abitazioni. Oggi la città viene vissuta di fatto solo dai super-ricchi, che sono presenti a San Francisco in quantità di gran lunga superiori al resto del paese. La percentuale di abitanti afroamericani, invece, è scesa in cinquant'anni dal 13 al 5 per cento: forse è l'unico posto d'America che è diventato più bianco, e non meno, col passare degli anni. E ci sono meno bambini che in qualsiasi altra grande città statunitense. Questa situazione ha due conseguenze facili da immaginare.

La prima è il traffico, e non si parla di un paio di ingorghi nelle arterie nevralgiche. In tutta la baia il traffico di automobili è tale che non ha più senso parlare di ore di punta: le code sono perenni, dall'alba al tramonto. Altrove in California le cose non cambiano granché: infilarsi in macchina al momento sbagliato a Los Angeles, un'area metropolitana grande complessivamente quanto l'intera Campania, può comportare uscirne dopo ore.

La seconda è spesso la prima cosa che nota chi visiti in vacanza le città della California: la quantità di persone che vivono per strada. San Francisco è piena di senzatetto: non c'è una strada che ne sia priva, ma soprattutto ce ne sono alcune abitate e frequentate soltanto da persone senza casa, per interi isolati, come se la città avesse deciso di spingerle via dagli altri quartieri e raggrupparle nella stessa zona, per ridurre la percezione della loro presenza. Sono persone arrivate a San Francisco in cerca della versione odierna dell'oro e non ce l'hanno fatta, oppure che sono state sfrattate e non sono più riuscite a rimettersi in piedi, oppure ancora che sono arrivate dal resto degli Stati Uniti in cerca di un clima mite e dei programmi di assistenza e rifugio che qui sono necessariamente più sviluppati che altrove. In uno dei paradossi più feroci che si possano immaginare, però, queste persone – una ogni cento in città – non sono state lasciate per strada da un'economia in difficoltà e in recessione, come saremmo portati a pensare, bensì da una in espansione. Anche per questo, le storie dei senzatetto californiani non somigliano affatto a quelle del resto del paese.

Ci sono addirittura studenti dell'università di Berkeley – una delle più importanti, prestigiose e famose al mondo – che riescono a pagare la costosissima retta ma che a un certo punto per qualche motivo finiscono in mezzo a una strada, oppure in una casa minuscola con altre quindici persone. Benché ne abbia le risorse, l'università non riesce a costruire nuovi edifici per ospitare gli studenti: ci sono voluti anni di polemiche e battaglie legali perché finalmente nel 2019 si sbloccasse il progetto di sviluppo di un nuovo dormitorio a People's Park, un parco adiacente al college che negli anni Sessanta era un punto di ritrovo del movimento hippie, e che oggi è un pratone dissestato, sporco e abitato da senzatetto, alcuni dei quali studenti. Gli anziani e ricchi residenti del quartiere si sono opposti per anni, ufficialmente per il valore storico del relitto che era diventato il parco, ufficiosamente per le più banali e pragmatiche ragioni di domanda e offerta del mercato immobiliare.

Tutti questi nodi – la sovrappopolazione, il costo delle case, la fragilità delle autorità pubbliche, lo sviluppo economico caotico e deregolamentato – generano grossi problemi di per sé, come abbiamo visto, ma in California di tanto in tanto si saldano e vengono al pettine tutti insieme. Alla fine del 2018 lo hanno fatto in modo spettacolare e tragico, ma niente accade mai dall'oggi al domani: anche stavolta è il caso di fare un passo indietro.

Quando finì la corsa all'oro, all'inizio del Novecento, in molte comunità rurali della California il legname diventò il nuovo oro. Ettari ed ettari di foreste soprattutto nel Nord dello Stato vennero disboscati, e gli insediamenti nati attorno agli impianti per estrarre l'oro e poi per trattare il legno si trasformarono in piccoli villaggi. Grazie a leggi particolarmente permissive, che consentivano di costruire senza grandi vincoli e senza un piano per lo sviluppo di adeguate infrastrutture, intorno agli anni Settanta queste comunità nate in modo improvvisato e spontaneo si trasformarono in vere e proprie città, sorte dove prima c'erano solo alberi. Una di queste si diede il nome di Paradise, tanto era meraviglioso il posto in cui sorgeva. Ventimila abitanti a poco più di un'ora di distanza da Sacramento, la capitale della California: come se un intero quartiere fosse stato strappato dal terreno e calato dall'alto in mezzo alla foresta, con costi della vita infinitamente più bassi ma senza fognature, senza sistemi antisismici o antincendio, a volte persino senza marciapiedi. E la foresta intorno non era la stessa di prima, dopo anni di disboscamenti. Gli alberi che circondavano Paradise non erano più eterogenei per tipologia, età e dimensioni, frutto di secoli di stratificazioni e aggiustamenti naturali; erano gli alberi ripiantati nel corso dei decenni dalle società del legname, tutti della stessa specie, tutti delle stesse dimensioni, tutti ugualmente fragili. Una grande scatola di fiammiferi, come ammonivano gli incendi che di tanto in tanto lambivano la città. Nonostante questa minaccia, resa ancora più urgente dal cambiamento climatico e dalla siccità, la contea non adeguò le infrastrutture di Paradise, non allargò le sue strettissime vie di evacuazione né dispose sistemi che potessero eventualmente rallentare le fiamme: tutte cose che avrebbero comportato stravolgimenti urbanistici a cui i residenti si opponevano.

La risposta si limitò alla gestione dei guai una volta avvenuti. Come accadde nel resto della California – di cui un quarto degli abitanti viveva già allora in aree rurali e boschive – la lotta agli incendi sempre più frequenti divenne un enorme complesso industriale: milioni di dollari furono spesi in assunzioni di vigili del fuoco e nell'acquisto di elicotteri, canadair ed equipaggiamenti di ogni sorta. Poco o niente fu investito nella prevenzione, anzi: i ranger furono riconvertiti in vigili del fuoco, persino la loro uniforme cambiò colore dal kaki al blu, e smisero di gestire la foresta, di proteggere i bacini idrici, di appiccare gli incendi controllati che periodicamente permettono di rimuovere la vegetazione del sottobosco e le piante morte. La stessa massiccia presenza dei vigili del fuoco diventò paradossalmente un incentivo a trasferirsi a Paradise, invece che ad andarsene, specialmente dal momento che nei mesi invernali, quando gli incendi erano deboli e sporadici, i pompieri diventavano in tutto e per tutto un servizio della comunità.

L'ultimo ingrediente che mancava al disastro inevitabile – la scintilla, letteralmente – lo portò la Pacific Gas and Electric Company (PG&E), la società energetica che serviva la regione, accusata di inefficienza, corruzione e negligenza. La stessa che per decenni aveva posizionato tralicci in mezzo alla foresta senza abbattere gli alberi intorno o rimpiazzare quelli secchi. La stessa contro cui negli anni Novanta lottò l'attivista Erin Brockovich resa celebre dal film con Julia Roberts. La stessa che nel 2010 a San Bruno, un'altra città del Nord della California, aveva visto esplodere una conduttura di gas sotterranea danneggiata da anni e mai riparata, sparando verso il cielo una gigantesca colonna di fuoco che aveva distrutto decine di abitazioni. La stessa che, come si apprese poi, a lungo aveva distratto fondi destinati alla sicurezza e alla prevenzione degli incendi per versarli ai dirigenti come bonus o agli azionisti come dividendi. Cose che neanche i cattivi dei film, con conseguenze da film.

All'alba dell'8 novembre 2018 tirava un vento fortissimo.

L'aria era secca e nella foresta non pioveva da maggio. In luoghi e situazioni del genere le pratiche antincendio più comuni – introdotte in California dopo decenni di roghi devastanti – invitano le aziende a sospendere la fornitura di energia elettrica, almeno finché non si placa il vento, ma la PG&E non lo fece. Poco dopo le sei del mattino un vecchio traliccio scosso da raffiche a ottanta chilometri orari cominciò a oscillare, finché un grosso cavo dell'alta tensione non si staccò e cadde scoperto sugli alberi, che presero fuoco. Le fiamme si propagarono subito e con gran rapidità verso l'unica stretta strada dalla quale i mezzi dei vigili del fuoco avrebbero potuto raggiungere la zona; anni prima, in una situazione del genere, un camion dei vigili del fuoco era rimasto bloccato a sciogliersi tra due lingue di fuoco, mentre gli agenti scappavano a piedi.

I pompieri provarono a raggiungere l'area ma rinunciarono subito: avrebbero potuto intercettare le fiamme soltanto diverse miglia più a sud, quindi diramarono un ordine di evacuazione per i residenti della zona orientale di Paradise, la prima che sarebbe stata esposta. Il sistema di allerta permette ai cittadini registrati di essere raggiunti da un SMS che ordina immediatamente di lasciare le proprie case, ma solo il 30 per cento dei residenti di Paradise era iscritto. Gli altri ricevettero l'ordine di evacuazione un'ora dopo, quando il fumo in città si vedeva e si sentiva già, più efficace di qualsiasi SMS. Nel giro di un paio d'ore le poche e strette strade che portano dentro e fuori Paradise erano già piene di macchine, e le fiamme stavano lambendo la città. Quando l'ultimo paziente fu evacuato dal piccolo ospedale locale, l'ufficio del personale stava già bruciando. Le macchine in coda avanzavano lentissime e aumentavano ogni momento, mentre attorno le prime case iniziavano a prendere fuoco; nelle strade più periferiche di tanto in tanto si sentiva l'esplosione di uno pneumatico. Pochi cercavano di solcare il traffico in direzione opposta, per mettere in salvo i figli, il cane, i genitori anziani. Nel frattempo dentro le automobili le parti in ferro diventavano bollenti, la gomma dei volanti si appiccicava alle mani, sembrava che anche l'aria stesse bruciando.

Diverse persone cominciarono a scappare a piedi, lasciando le macchine abbandonate in coda a prendere fuoco una dopo l'altra, ma intanto le strade stavano diventando un muro di fumo e fiamme, e le scarpe si incollavano all'asfalto. I pompieri che arrivavano da fuori città si trovavano davanti una colonna di auto abbandonate che ostruiva il passaggio. Chiesero dei bulldozer per spostarle, e nel frattempo si arrangiarono con i loro camion, che iniziarono a urtare le macchine per spingerle a destra e a sinistra verso le fiamme, abbastanza da liberare un varco. Ogni tanto si imbattevano in qualcuno che scappava a piedi, o in un idrante che non aveva più acqua da sputare. Il vento tirava ancora fortissimo.

Ci vollero due settimane e un lungo e intenso temporale per domare quello che nel frattempo era diventato l'incendio più distruttivo e letale della storia della California, e il più grave in tutti gli Stati Uniti dal 1918. «Camp Fire», lo chiamarono i giornali, dal nome della strada su cui era crollato il traliccio: Camp Creek Road. Ottantacinque persone morirono, una non è mai stata ritrovata. Oltre 600 chilometri quadrati di territorio bruciarono, più o meno sei volte l'intera superficie di Firenze, con danni per oltre 15 miliardi di dollari.

Oggi Paradise è una città fantasma: i residenti sono passati da ventimila a duemila. I quartieri sono una distesa di rovine incenerite e caminetti – l'unica cosa rimasta in piedi di gran parte delle case – intervallati da oggetti deformati come in un quadro surrealista, di cui si può solo immaginare la loro funzione precedente: quella macchia per terra una volta era un bidone dei rifiuti, quella massa colante era il tabellone di un canestro. Ogni giorno centinaia di camion fanno avanti e indietro trasportando macerie e detriti. Alcune strade sono rimaste per mesi piene di carcasse di auto incolonnate con le chiavi ancora inserite, e i portachiavi anneriti o squagliati.

Quello che è successo a Paradise non è un caso isolato. Anche se non sono forti quanto il «Camp Fire», l'incuria delle foreste, la siccità, i cambiamenti climatici e l'inefficienza delle attività di prevenzione fanno sì che ogni anno da maggio a settembre la California sia martoriata dagli incendi. Nel 2015 è bruciato lo 0,5 per cento dell'intera superficie dello Stato. Nel 2016 lo 0,6 per cento. Nel 2017 l'1,3 per cento. Nel 2018, l'anno del «Camp Fire», un altro 1,8 per cento. Il più grande incendio del 2019, il «Walker Fire», si vede nelle fotografie della Terra scattate dallo spazio. E quello che in California sono gli incendi, nell'Est degli Stati Uniti sono gli uragani, devastanti, ripetuti e inesorabili come i lunghi periodi di siccità. Nel Sud, nelle aree centrali e nel Midwest sono le inondazioni. Nel Nord sono le tempeste polari e le frane, come quella che nel 2015 provocò la morte di quarantaquattro persone nello Stato di Washington. Sulle coste è la minaccia incipiente dell'innalzamento del livello dei mari, che rischia di sommergere zone oggi molto urbanizzate e affollate come il Sud della Florida.

Questo per restare ai disastri naturali. Poi c'è tutto il resto. La deindustrializzazione. La marginalizzazione delle minoranze etniche. Il costo della vita nelle grandi città e il progressivo impoverimento delle aree rurali. Le stragi da armi da fuoco. La debolezza delle autorità pubbliche davanti all'abuso di farmaci. Le cicatrici profondissime lasciate dall'ultima crisi economica. Gli stipendi che non crescono da decenni. Le difficoltà nel curarsi quando ci si ammala. Dove voglio arrivare: il risultato è una grande promessa tradita, e un senso di frustrazione pervasivo e assoluto.

Prendiamo in considerazione il lavoro, di nuovo. Il tasso di disoccupazione negli Stati Uniti è arrivato ai livelli più bassi da cinquant'anni, ma la forza lavoro si è proporzionalmente ridotta. Quando nel 1969 la disoccupazione era intorno al 3,5 per cento, praticamente tutti gli uomini dai 25 ai 54 anni lavoravano; quando nel 2019 il tasso di disoccupazione ha toccato lo stesso bassissimo livello, gli uomini in età lavorativa con un'occupazione erano meno del 90 per cento. E le donne sono colpite ancora di più da questo aumento dell'inattività. Sono persone che vorrebbero lavorare ma hanno interrotto una ricerca fin qui vana, perché troppo avanti con gli anni per inserirsi nei settori più innovativi o perché non possono permettersi quello che serve per conciliare lavoro e famiglia, in un paese in cui gran parte del welfare è storicamente delegato alle imprese. Le conseguenze di questo fenomeno non le percepiscono solo gli inoccupati, ma anche chi lavora: questo gap è uno dei motivi per cui i salari non aumentano come ci si aspetterebbe in un periodo di crescita economica e piena occupazione.

Un altro esempio efficace riguarda la condizione degli studenti. Le università statunitensi offrono istruzione e servizi di livello altissimo, incomparabile con l'offerta delle università italiane, come conferma immancabilmente ogni classifica globale. Solo che la qualità costa, e storicamente quel costo è ricaduto in gran parte sulle spalle degli studenti e delle loro famiglie. È piuttosto comune, infatti, che una volta ammessi in una grande università gli studenti contraggano dei mutui per pagare le rette, che possono costare fino a 80.000 dollari l'anno, sulla base di una promessa, di un patto non scritto: sarà un investimento vincente. La laurea in una di queste università aprirà le porte di una carriera lavorativa prestigiosa e remunerativa, per cui ripagare quel prestito non sarà un problema. Questo patto ha funzionato per decenni, finché non ha funzionato più. Laurearsi in una prestigiosa università è ancora molto utile, ma non garantisce più niente. E i tagli all'istruzione hanno portato a un aumento delle rette universitarie, mentre a causa del forte rischio di insolvenza i tassi di interesse offerti dagli istituti di credito sono cresciuti fino al 9 per cento. Il risultato: centinaia di migliaia di giovani – le élite del futuro, in teoria – convivono con la zavorra di un debito enorme che blocca le loro vite e distrugge la loro serenità. E in posti come Berkeley, come abbiamo visto, a volte non gli permette nemmeno di trovarsi un tetto sotto il quale dormire.

Sia chiaro, quello di cui si sta parlando non è un classico declino di una superpotenza: non si può parlare di declino nel caso di un paese la cui economia, la più grande al mondo, cresce ancora con solidità, che sforna ogni anno una manciata di premi Nobel e la cui influenza culturale e il cui dominio militare non sono mai stati messi in discussione. Il sogno americano cosiddetto, d'altra parte, non è mai stato una leggenda metropolitana: al di là dei luoghi comuni, l'America è davvero la terra delle opportunità, e un luogo che riesce a premiare le idee, l'ingegno e il lavoro duro con una regolarità sicuramente non infallibile ma altrettanto sicuramente sconosciuta a moltissime delle altre grandi economie del mondo. E naturalmente nessuna nazione è priva di problemi con cui fare i conti.

Per quanto sia esistito ed esista ancora, però, il sogno americano cosiddetto oggi è oscurato dalla perenne consapevolezza che si procede senza nessuna rete di protezione, e anche quando tutto fila liscio basta un solo passo falso per finire seriamente nei guai. Può essere un incendio o uno stabilimento che chiude, un uragano o un uomo che spara in una scuola, una pillola presa su consiglio del medico o un licenziamento che rende improvvisamente impossibile pagare per la propria casa, la propria salute e la propria istruzione. L'eclissi che gli Stati Uniti stanno attraversando è una sensazione di perenne precarietà e paura, che ha soffocato l'identità stessa del paese, il suo ottimismo proverbiale e incrollabile, la sua fiducia nel futuro. Gli Stati Uniti sono oggi come una macchina formidabile che procede a tutta velocità ma con una ruota sgonfia, sbandando e richiedendo continui aggiustamenti di rotta, e perdendosi ogni tanto un pezzo per strada: un finestrino, uno sportello, un cerchione. La velocità continua a essere sostenuta, ma solo per chi riesce a restare attaccato, a non dare di stomaco a ogni curva, e a non morire di paura.

VI

Perché le armi

Nello spettacolare campionario degli hotel di Las Vegas – una città dove tutti prima o poi dovrebbero trascorrere una sera e dove nessuno dovrebbe passarcene due – il Mandalay Bay si può considerare elegante, se non addirittura sobrio. Non è ornato da una piramide né da una sfinge, come il Luxor, né ha un'enorme fontana con spruzzi che vanno a ritmo di musica pop, come il Bellagio. Non ha un vulcano che esplode e sputa fiamme alte dieci metri, come il Mirage, né una dettagliatissima copia del campanile di San Marco e del ponte di Rialto, come il Venetian. Non ha una grande Tour Eiffel come l'hotel Paris né un castello come l'Excelsior né una fedele riproduzione di Piazza di Trevi, con tanto di fontana e finto cielo azzurro, come il Caesars Palace. Il Mandalay Bay è soltanto un edificio enorme a forma di ipsilon, con quarantatré piani e più di tremila camere d'albergo, oltre che naturalmente un casinò, un centro congressi, un'arena per eventi e concerti, decine di negozi e ristoranti e una cappella in cui poter coronare l'intera esperienza con un matrimonio impulsivo di cui eventualmente pentirsi con comodo una volta tornati a casa. Ha un solo vezzo, per quanto vistosissimo: i vetri riflettenti che ricoprono interamente le sue pareti sono dorati. Il 1° ottobre 2017 era domenica, e in un grande parcheggio poco distante dal Mandalay Bay si stava tenendo un concerto di musica country. Alle spalle del palco svettava gigantesca la sagoma dell'albergo, ma c'era qualcosa di strano: l'oro delle sue pareti era interrotto da un buco, una macchia nera, come un sorriso raggiante a cui manca un dente. Al trentaduesimo piano, un uomo di nome Stephen Paddock aveva rotto con un martello la finestra della sua suite.

Stephen Paddock, un ex esattore delle tasse in pensione che aveva accumulato una piccola fortuna grazie ad alcuni investimenti immobiliari, alloggiava al Mandalay Bay da una settimana. Il personale lo conosceva: veniva ogni due o tre mesi, di notte giocava al casinò dell'albergo e di giorno dormiva. Puntava sempre parecchi soldi, tanto che l'hotel lo coccolava e a volte gli offriva la cena o l'intero costo della camera, come accade a Las Vegas con i giocatori più frequenti e facoltosi. Stavolta però Paddock aveva altri piani. Nei giorni precedenti a quella sera, poco alla volta, aveva portato in camera decine di borse e borsoni, che contenevano ventuno fucili da guerra, una pistola, migliaia di munizioni e altre attrezzature. Un treppiedi da cecchino, di quelli da usare per lunghi appostamenti. Un giubbotto antiproiettile. Un computer portatile. Alcuni *bump stocks*, dispositivi che permettono di sparare colpi in rapida sequenza semplicemente tenendo premuto il grilletto, come con un'arma automatica. Una videocamera di quelle che si usano per tenere d'occhio i bambini quando sono piccoli, che intorno alle 21 posizionò su un carrello delle vivande fuori dalla sua stanza, per controllare il corridoio. Poi chiuse la porta a chiave, ruppe la finestra con un martello, imbracciò un fucile e lo puntò verso l'esterno.

In linea d'aria, il parcheggio nel quale si stava tenendo il concerto era distante più di 500 metri: Paddock aveva segnato su un foglietto di carta una serie di numeri e calcoli sulla distanza, il vento, e la traiettoria che avrebbero dovuto mantenere i proiettili per piovere esattamente sulle ventiduemila persone davanti al palco. Prima sparò due o tre colpi isolati, che si persero nel frastuono della musica e del pubblico. Poi, intorno alle 22, cominciarono le sventagliate. Il suono inconfondibile e prolungato di centinaia di colpi sparati in sequenza fu riconosciuto dai cantanti sul palco, che bruscamente interruppero il concerto mentre il pubblico preso dal panico cominciava a correre via. «Spari!», «Qualcuno sta sparando!», «Scappate!». Ma scappare dove? Non si riusciva a capire da dove provenisse la pioggia di proiettili, né quale potesse essere un posto sicuro in cui nascondersi. Le persone colpite durante la fuga si accasciavano improvvisamente, trafitte senza alcun preavviso, come in quelle scene da battaglia medievale in cui una pioggia di frecce si abbatte su un esercito in guerra. Le sventagliate coprivano un'area così ampia che non potevano che arrivare dall'alto, lasciando tutti esposti, terrorizzati e nudi, senza possibilità di riparo. Si poteva soltanto restare immobili e vicini al terreno, cercando di occupare il minore spazio possibile; alcuni usando il proprio corpo per far scudo ai propri cari, altri sperando che il corpo di qualcun altro facesse scudo al proprio, e vergognandosene. Le cose che riusciamo a pensare, quando abbiamo paura di morire.

Le raffiche si intervallavano a piccole pause, durante le quali le persone si alzavano in piedi e scappavano calpestando i feriti, che nel frattempo cercavano inutilmente di trascinarsi in salvo. A un certo punto, attraverso la videocamera per bambini, Paddock notò che un dipendente della sicurezza del Mandalay Bay si stava avvicinando alla sua camera. L'agente fu ferito dagli oltre duecento colpi che Paddock sparò attraverso la porta e poté solo scappare, ma il suo intervento interruppe le raffiche per una pausa più lunga delle altre, facilitando la fuga delle persone, e aiutò finalmente la polizia a localizzare la provenienza degli spari. Poi i proiettili ricominciarono a piovere, ma dopo qualche minuto le sventagliate si interruppero di nuovo e stavolta definitivamente. Paddock aveva notato un gruppo di agenti di polizia che si stava avvicinando alla sua stanza, e si era sparato in bocca. A cinquecento metri in linea d'aria dalla parete che aveva spaccato a martellate, centinaia di persone si trovavano a terra, morte o agonizzanti. Si era appena conclusa la più letale sparatoria della storia statunitense, e nessuno l'aveva vista arrivare.

Più di cinquecento persone erano state colpite. Altre quattrocento erano state ferite in modo più o meno grave non dai proiettili ma perché calpestate durante la fuga, o impigliate nel filo spinato delle proprietà circostanti in cui avevano cercato riparo. Fratture, tagli profondi, traumi, lesioni ed emorragie interne. I morti alla fine furono cinquantotto, tanti come non era mai accaduto a causa di una sparatoria negli Stati Uniti. Sarebbero stati molti di più se i concerti di musica country non fossero abitualmente frequentati da militari e reduci: il loro addestramento contribuì a salvare decine di vite. In questi casi, infatti, reagire con prontezza e sapere come intervenire può fare la differenza. Legare qualcosa sopra il foro del proiettile per rallentare il sanguinamento. Applicare una forte pressione sulla ferita senza mai staccare le mani fino all'arrivo dei medici. Trovare il coraggio di scavalcare chi è stato colpito al petto o all'addome: probabilmente non ce la farà, e ci sono maggiori possibilità di salvare qualcun altro.

Ma sarebbe un errore pensare che queste fossero le uniche vittime di Paddock, per quanto numerose. Chi sopravvive a una sparatoria muore comunque, anche se non riporta alcuna ferita, e comincia il giorno dopo una vita diversa e nuova, in cui si attende con terrore l'arrivo del momento in cui bisogna andare a dormire e in ogni caso è impossibile farlo per più di un'ora, in cui risulta insopportabile sia trovarsi da soli che in mezzo a una folla, e in cui basta il rumore di un palloncino che scoppia per cadere in ginocchio e tremare. Alcuni smettono di guidare per paura di un attacco di panico, altri non escono più di casa per mesi. Gli studenti saltano gli esami. Gli adulti vengono licenziati. Alcuni si uccidono. Tutti si rassegnano a un'esistenza miserabile. E il giorno dopo si ricomincia, da un'altra parte.

Sei dei dieci peggiori massacri compiuti con armi da fuoco nell'intera storia statunitense sono avvenuti dal 2012 al 2019: di fatto, stragi come quella di Las Vegas si ripetono ormai infallibilmente a distanza di mesi. I cinquantotto morti di Las Vegas sono stati preceduti dai ventisei bambini tra i sei e i sette anni uccisi in una scuola elementare a Newtown, in Connecticut, nel 2012. Dalle quarantanove persone uccise in un locale gay di Orlando, in Florida, nel 2016. E succeduti dalle ventisei persone uccise dentro una chiesa battista di Sutherland Springs, in Texas, nel 2017, durante la messa. Dai diciassette studenti uccisi in un liceo di Parkland, in Florida, nel 2018, con altri due sopravvissuti alla strage che si suicidarono un anno dopo. Dalle ventidue persone uccise in un supermercato di El Paso, in Texas, nel 2019.

Ogni volta le attenzioni dei media si concentrano sull'identità e le ragioni della persona che ha sparato. Chi era? Perché lo ha fatto? A quale ideologia o religione o comunità possiamo dare la colpa? L'assassino di Newtown soffriva di una patologia mentale e voleva vendicarsi di sua madre, che faceva l'insegnante e a cui sparò prima di raggiungere la scuola. Quello di Orlando aveva giurato fedeltà allo Stato islamico. Quello di Sutherland Springs aveva sviluppato un'ossessione per le stragi di massa e odiava le religioni. Quello di Parkland era stato espulso dalla scuola ed era notoriamente un violento, tanto che negli anni precedenti per ben quarantacinque volte qualcuno aveva chiamato la polizia per denunciare qualche suo comportamento. Quello di El Paso era un estremista di destra e un suprematista bianco. Altri stragisti sparano per vendicarsi degli ex colleghi, o dei genitori, o delle donne che non vogliono stare con loro (un particolare molto evidente e poco discusso: gli stragisti sono quasi sempre uomini).

Il caso di Stephen Paddock, però, era molto più problematico. Dopo mesi di indagini in tutte le direzioni, infatti, l'FBI non riuscì a ricostruire il suo movente né a trovare spiegazioni. Paddock non aveva lasciato nulla, nessun biglietto, nessuna rivendicazione in nessuna forma. Non furono trovate prove di sue adesioni o di interessi a ideologie estremiste, come nessun precedente comportamento asociale o violento. Nessuna malattia mentale gli era mai stata diagnosticata e nessuno tra i suoi amici e conoscenti – prima o dopo la strage – aveva manifestato preoccupazioni o sospetti. Mai un segno di squilibrio. Paddock aveva avuto due mogli e aveva divorziato da entrambe, pur restando con loro in rapporti cordiali. Era benestante, amava viaggiare in crociera e giocare d'azzardo, aveva una nuova fidanzata originaria delle Filippine e un diploma di volo. Era in buoni rapporti con la madre – l'aveva chiamata pochi giorni prima della strage per assicurarsi che fosse pronta all'imminente passaggio dell'uragano Irma – e possedeva armi da quando era ragazzo, ma aveva comprato il grosso del suo arsenale durante l'anno precedente alla strage.

Certo, non si può dire che tutto fosse «normale», nella sua vita: sul suo computer furono trovate centinaia di immagini pedopornografiche e suo padre, che era stato un rapinatore di banche, a un certo punto era finito sulla lista delle dieci persone più ricercate dall'FBI. Ma non era mai accaduto niente che potesse lasciar immaginare un finale come quello del Mandalay Bay. La frustrazione degli investigatori fu tale che il cervello di Paddock fu inviato all'università di Stanford, perché venisse analizzato in cerca di lesioni o anomalie di qualsiasi tipo. Non fu trovato nulla di strano. Venne chiamata in causa anche l'unità di analisi comportamentale dell'FBI – quella che di solito si occupa di serial killer, resa celebre dalla serie tv *Mindhunter* – ma anche questa non ottenne granché. Il rapporto finale dell'FBI sintetizza lapidariamente le sue conclusioni in una frase: «Durante la sua vita Paddock si è sforzato moltissimo di tenere per sé i suoi pensieri, e ha fatto lo stesso per la strage che ha compiuto prima di uccidersi». L'ipotesi tuttora più accreditata è che Paddock fosse frustrato dal suo invecchiamento e che la prospettiva di morire lo avesse reso depresso, tanto da fargli trovare sollievo nel decidere quando concludere la sua esistenza e soprattutto nel farlo con una rabbiosa prova di forza, l'ultima, eclatante abbastanza da contraddire il decadimento del suo corpo. Ma è una teoria, più che un'ipotesi, e l'assenza di un qualsiasi movente ha trasformato Stephen Paddock nello stragista statunitense quintessenziale. Lo stragista zero. Quello che ha ucciso solo e soltanto per il gusto di uccidere.

Ogni anno negli Stati Uniti più di centomila persone vengono ferite da un'arma da fuoco. Soltanto i morti sono più di cento ogni giorno. Nonostante i media dedichino gran parte delle loro attenzioni alle stragi di massa e alle macabre storie dei loro autori, la gran parte delle vittime viene ferita o muore in incidenti molto più normali e circoscritti: liti con i vicini di casa o con i colleghi, risse fuori dai bar, microconflitti quotidiani come quelli che capitano per le strade di qualsiasi città del mondo. Uomini che uccidono le loro compagne, moltissimi. Suicidi, moltissimi. Il numero e la frequenza dei morti sono così incredibilmente alti che il giornalista e scrittore inglese Gary Younge, a lungo corrispondente da Chicago per il «Guardian», ha scritto un libro scegliendo un giorno a caso e raccontando le storie di dieci dei bambini – dieci *dei* bambini – che quel giorno negli Stati Uniti erano stati uccisi da un'arma da fuoco.

Ma è un esperimento che si può riprodurre facilmente. La notte tra il 16 e il 17 luglio 2016 a Cleveland, in Ohio – un giorno a caso in una città a caso –, tredici persone sono state colpite da un'arma da fuoco. Alle 20.40 un ragazzo è stato colpito alla schiena per strada, apparentemente senza motivo. Poco dopo, qualcuno ha sparato a due donne da una macchina, uccidendone una, forse per regolare una lite avvenuta sul posto di lavoro. All'una del mattino, un uomo è stato ucciso dopo un'accesa discussione per non aver fatto attenzione attraversando la strada. All'una e quaranta, cinque persone sono state ferite in una sparatoria fuori da un cinema. Alle tre, un uomo è stato colpito da un vicino di casa che soffriva di schizofrenia. Alle quattro, due uomini e una donna sono rimasti feriti durante una rissa.

Se una notte così accadesse una sola volta in una città italiana, i giornali non parlerebbero d'altro per settimane, il ministro dell'Interno andrebbe in città, probabilmente il sindaco si dimetterebbe. Il giorno dopo a Cleveland i giornali riportavano le notizie delle sparatorie dentro piccoli box annegati all'interno delle pagine di cronaca.

Poi ci sono le persone che vengono uccise per sbaglio, da un colpo partito per errore oppure esploso da un'arma difettosa: e sono tante, dal momento che le armi sono incredibilmente l'unico prodotto che negli Stati Uniti non può essere ritirato dal mercato in caso di vizi di fabbricazione. Se un modello di auto ha i freni che non funzionano, se un farmaco contiene sostanze nocive, se un alimento ha subito un'alterazione imprevista, le agenzie governative hanno il potere – e il dovere – di costringere l'azienda produttrice ad allertare la popolazione, sospendere la vendita e richiamare i pezzi già venduti. Con le armi non è possibile. Taurus, un'azienda brasiliana che produce armi economiche e per questo molto popolari, tra il 1997 e il 2013 ha venduto centinaia di migliaia di pistole difettose negli Stati Uniti: bastava scuoterle o lasciarle cadere per terra perché sparassero. Soltanto una class action ha portato ad accertare le cause di decine di incidenti, alcuni letali, al ritiro dei modelli dal mercato e a un risarcimento da 40 milioni di dollari.

Negli Stati Uniti nessuno è davvero al riparo dalla violenza delle armi da fuoco – persino undici presidenti, un quinto del totale, sono stati aggrediti con un'arma: e parliamo delle persone più protette del paese – ma le maggiori violenze avvengono negli Stati e nelle città più povere. Nelle periferie di Washington DC, di Detroit e di Baltimora. A Oakland e nel quartiere South Side di Chicago. A Birmingham in Alabama e ad Atlanta in Georgia. Nel 2018 la città statunitense con più omicidi è stata St Louis, in Missouri: centottantasette. Più di molte città del Venezuela o del Messico in mano ai narcotrafficanti. Durante l'estate del 2019 a St Louis, diciotto bambini sono stati uccisi da un'arma da fuoco, colpiti per strada da proiettili vaganti oppure durante effrazioni domestiche. Nessuno è stato arrestato per gli omicidi. *Business as usual.*

Sono cose che non succedono in nessun altro paese avanzato al mondo. Come ha scritto il «New York Times» a novembre 2017, nell'ennesimo editoriale esasperato dopo l'ennesima strage, se il problema risiedesse nella salute mentale delle persone e nella sua gestione – come alcuni negli Stati Uniti sostengono ardentemente – i dati dovrebbero mostrare un numero di persone affette da patologie mentali molto superiore alla media dei paesi sviluppati, oppure una spesa sanitaria o un numero di medici molto inferiore. Non è così. Se il problema fosse la normalizzazione della violenza operata da prodotti come i videogiochi – come sostengono altrettanto ardentemente altri – i dati dovrebbero mostrare un numero di videogiocatori statunitensi molto superiore a quelli degli altri paesi. Non è così. Forse allora – altra ipotesi – la società statunitense è intrinsecamente violenta, per ragioni storiche o culturali: ma i dati sulla criminalità negli Stati Uniti non si discostano molto da quelli degli altri paesi in simili situazioni socioeconomiche. «Il problema» scriveva il «New York Times» «è solo che i crimini negli Stati Uniti sono molto più letali. Un abitante di New York ha esattamente le stesse possibilità di essere rapinato di quante ne abbia un abitante di Londra, per esempio. L'abitante di New York però ha cinquantaquattro volte la probabilità di essere ucciso durante la rapina più di quello di Londra.»[1]

C'è un solo dato, una sola variabile che separa gli Stati Uniti dal resto del mondo: il numero astronomico di armi in circolazione. Čechov non ha inventato nulla: dove c'è un'arma, c'è qualcuno che prima o poi la utilizzerà. Non esiste un paese dove la popolazione civile sia più armata che negli Stati Uniti: in un anno in media gli americani comprano più armi di quante ne possiedano tutte le forze dell'ordine del mondo. La seconda nazione in questa classifica è lo Yemen, dove comunque il tasso è la metà di quello statunitense, e dove dal 2015 si combatte una guerra civile. La terza e la quarta sono Serbia e Montenegro, e non occorre sforzarsi per intuirne le ragioni.

Anche qui bisogna stare attenti ai luoghi comuni: i due terzi degli americani non possiedono un'arma da fuoco. Il problema è che gli altri molto spesso ne hanno non una, ma molte di più. Due tendenze apparentemente contraddittorie che sono in simultaneo aumento da anni: negli Stati Uniti ci sono sempre più armi e sempre meno proprietari di armi, ma un 30 per cento di persone armate è sufficiente perché queste siano presenti ovunque e cambino le giornate e le abitudini di tutti, più o meno consapevolmente. I genitori che si fanno convincere a regalare un'arma giocattolo ai propri figli si raccomandano che non ci giochino mai all'aperto, nel timore che possa essere confusa per un'arma vera e di finire per scoprire che la polizia li ha uccisi (è capitato).

Fin da quando sono bambini, gli studenti simulano sparatorie in classe per esercitarsi, e gli vengono impartite le stesse lezioni di primo soccorso degli adulti: lega un laccio, premi forte, scavalca chi è stato colpito all'addome, anche se fosse il tuo migliore amico. In certe zone d'America è consigliabile non avvicinarsi a due persone che litigano, nemmeno se si tratta di una lite apparentemente innocua per una coda alla cassa o un parcheggio. Quando si ha a che fare con le forze dell'ordine, meglio tenere presente che si comporteranno sempre come se poteste essere armati: quindi non fare movimenti bruschi, tenere le mani in vista e non metterle in tasca senza aver chiesto il permesso. Ma in generale, è sempre bene tenere presente che chiunque negli Stati Uniti potrebbe essere armato.

A Bakersfield, in California, una volta un signore afroamericano mi raccontò che c'è una cosa che ripete sempre ai suoi figli, per spiegargli come devono comportarsi. «*It's better to be judged by twelve, than carried by six.*» È meglio essere giudicato da dodici che portato da sei, dove dodici sono le persone che fanno parte di una giuria popolare, mentre sei sono le persone che sollevano una bara. Insomma, anche se qualcuno ti provoca, anche se qualcuno ti accusa ingiustamente, anche se un poliziotto vuole cercare grane, fai il bravo, non reagire, tieni la testa bassa, non correre rischi inutili. È meglio essere giudicato da dodici che portato da sei. C'è una vera saggezza da genitore in questa frase, nel miglior senso possibile: i soprusi non mi piacciono, mi disse quell'uomo, ma mi piace molto meno l'idea che mio figlio non torni a casa la sera. Quella frase in realtà ha anche un altro significato. Nei giri delle gang, il senso con cui viene usata di più è: nel dubbio, spara per primo. Se credi che qualcuno ti voglia fare del male, anche se solo lo sospetti, spara. Se poi non era così, pazienza. È meglio essere giudicato da dodici che portato da sei. Le armi fanno danni anche quando non ci sono.

Tutte queste cose però le sapete già o comunque non vi stupiscono, per quanto incredibili. Quello che volete sapere è perché.

La prima e più forte spiegazione ha a che fare con le origini degli Stati Uniti. Per secoli, e per molto tempo prima che venisse scritta la Dichiarazione d'indipendenza o approvato il famigerato Secondo emendamento della Costituzione, gli americani hanno esplorato in autonomia una frontiera che si spostava progressivamente sempre più a ovest, sostenendosi quasi esclusivamente con gli allevamenti e l'agricoltura e sviluppando uno stile di vita per cui il possesso e l'abilità nell'uso delle armi erano semplicemente imprescindibili. Come abbiamo già osservato parlando del rapporto peculiare degli statunitensi con l'autorità statale, la frontiera era *davvero* selvaggia: non c'era nessuno che si potesse chiamare in soccorso di fronte all'aggressione di un branco di animali, a un bellicoso incontro con i nativi americani o a qualcuno che volesse risolvere una controversia con la forza. Che fosse per andare a caccia o per difendersi, nell'America rurale per secoli fu impossibile vivere senza avere dei fucili: e chi era più bravo a sparare lavorava di più, viveva più a lungo, mangiava meglio.

La caccia e la pesca – e le abilità che richiedevano – si intrecciarono profondamente con la cultura delle persone, tanto che col tempo le armi non rimasero soltanto uno strumento di sopravvivenza ma acquisirono anche un ruolo di intrattenimento (portando alla nascita di qualcosa di simile agli sport) e di formazione dell'identità personale. Centinaia di milioni di americani nel corso dei secoli insegnarono a sparare ai loro figli, costruendo tradizioni e riti di passaggio generazionale fondamentali e diventati nel tempo solidissimi: la prima volta che mio padre mi ha portato a caccia, la prima volta che ho sparato, il primo fucile che mi ha regalato e che a mia volta un giorno regalerò a mio figlio. Quando gli europei discutono del rapporto tra gli statunitensi e le armi, non riescono a nascondere un certo sbalordimento: come fanno a non rendersi conto di un nesso così evidente tra le armi e la violenza? Come fanno a non capire che tutte queste armi non li proteggono ma li minacciano? Il punto è che negli Stati Uniti, quando si parla di armi, non si parla soltanto di armi.

Si parla di riti, di tradizioni, di quanto di più profondo avvicini le persone a chi è venuto prima di loro e quindi contribuisca a dar senso alla loro esistenza. E si parla di cultura. Basta rimuovere le armi dalla conversazione per osservare come gli americani non siano poi così diversi da nessun altro popolo al mondo: anche noi europei sappiamo benissimo che il fumo uccide e che la carne rossa in dosi significative è cancerogena e soprattutto devasta il pianeta, eppure continuiamo a fumare e mangiare carne. Riti, tradizioni, cultura.

Negli anni che precedettero la Rivoluzione americana, questo tratto identitario trasformò il rapporto con le armi anche in una differenza rivendicata con orgoglio nei confronti dei detestati inglesi, e della loro borghesia parruccona e molle al punto da affidare a un esercito – a un esercito guidato da un re! – il monopolio della forza. Come abbiamo notato parlando del Nevada, in Europa le varie forme di autorità statali si impossessarono del monopolio nell'esercizio della forza moltissimo tempo prima della nascita dei primi regimi democratici, mentre negli Stati Uniti accadde il contrario: il popolo si impossessò dell'esercizio autonomo della forza molto prima che si instaurasse una democrazia con i suoi tradizionali patti sociali.

Quando nacquero gli Stati Uniti, i Padri fondatori non poterono che fotografare la situazione esistente: non solo non si poteva pensare di ritirare le armi dei civili, ma anzi si ritenne che una popolazione armata fosse la migliore garanzia a protezione della democrazia, e contro ogni possibile tentazione tirannica dei leader del futuro o delle potenze coloniali europee. Dopo l'episodio noto come il massacro di Boston – quando nel 1770 i soldati inglesi spararono per le strade per sedare una rivolta, uccidendo cinque persone – il futuro presidente John Adams disse di aver assistito «al più forte argomento a prova del pericolo rappresentato dagli eserciti stabili» in mezzo a una popolazione disarmata. Alla fine della Guerra d'indipendenza, quando gli Stati Uniti approvarono la Costituzione e il Bill of Rights, il Secondo emendamento recitava: «Essendo necessaria alla sicurezza di uno Stato libero una milizia ben organizzata, non si potrà violare il diritto dei cittadini di possedere e portare armi». Un anno dopo, nel 1792, una legge federale obbligò tutti gli uomini a comprare un fucile perché potessero prestare servizio nelle milizie gestite in autonomia da ogni singolo Stato.

La seconda spiegazione ha a che fare col modo in cui la cultura statunitense delle armi, sviluppatasi spontaneamente fino a diventare inaggirabile, si saldò al Secondo emendamento. Le milizie diventarono in fretta sempre più grandi e organizzate, provvedendo all'addestramento all'uso delle armi di quasi tutti gli uomini del paese, e caricando quei rituali di un nuovo e più sacro significato: le armi non servivano più solo a proteggere il proprio bestiame ma a proteggere la nazione, la democrazia, i diritti sanciti dalla Costituzione e la tanto agognata libertà finalmente ottenuta dagli inglesi. I Padri fondatori, però, non pensavano che quelle venticinque parole dessero a chiunque il diritto di possedere qualsiasi tipo di arma. I neri non potevano avere armi, per esempio, a prescindere dal fatto che fossero o no degli schiavi, e col passare dei decenni – soprattutto dopo la sanguinosissima Guerra di secessione – vennero introdotti molti altri limiti e filtri, anche con il consenso della neonata National Rifle Association, oggi nota come la famigerata «lobby delle armi» e all'epoca poco più di una semplice associazione sportiva. Fu proibita la circolazione con un'arma nascosta, a meno di aver ricevuto un permesso dalla polizia. I negozianti furono obbligati a comunicare alle autorità i dettagli sulla vendita di ogni singola arma, così da creare dei registri. Fu imposto un periodo di attesa di due giorni tra il pagamento e la consegna di un'arma, per evitare che l'acquisto impulsivo di una pistola in un momento di rabbia diventasse il modo per risolvere qualsiasi controversia.

Eppure le violenze diventarono sempre più frequenti, e tra la fine della Guerra civile e l'inizio del Novecento ben tre presidenti americani furono uccisi da un'arma da fuoco: Abraham Lincoln nel 1865, James Garfield nel 1881 e William McKinley nel 1901. Le cose peggiorarono ancora all'inizio del Novecento, con l'aumento della criminalità prodotto dal Proibizionismo e dalla Grande depressione, innescando un effetto perverso che sarebbe proseguito fino ai giorni nostri: il trauma che seguiva a ogni incidente e ferimento spingeva gli americani ad armarsi un po' di più, invece che un po' di meno. Anche perché nel frattempo, dalla fine dell'Ottocento in poi, gli americani erano stati conquistati dall'enorme popolarità delle storie sul West, che diedero vita al genere culturale all'epoca di gran lunga di maggior successo e impatto. Come scrisse negli anni Settanta lo storico e sociologo Richard Hofstadter,

> prima dentro i romanzi e poi nei film e in televisione, l'uomo del West dal grilletto facile divenne presto un eroe la cui violenza era accettabile. I suoi successori ideali – l'investigatore privato, l'agente dell'FBI e persino il gangster – ne condividevano i principali tratti: un uomo coraggioso e solitario, con un suo codice e una sua forma di lealtà. Tutte le culture di massa hanno i loro stereotipi di eroe, e nessuna è completamente libera dalla violenza; gli Stati Uniti hanno mostrato però un'insolita propensione per il detective che fa di testa propria pur di avere giustizia, e l'intrattenimento nazionale ritrae in modo melodrammatico l'uso della violenza – con metodi ingegnosi e talvolta geniali – come strumento principale per la risoluzione dei conflitti, invece del raziocinio o una qualche forma di morale.[2]

A partire dagli anni Sessanta del Novecento, poi, qualcosa cambiò di nuovo. I movimenti studenteschi si rafforzarono e notoriamente diedero inizio a un quindicennio di proteste e rivolte che misero in discussione le fondamenta della società statunitense e dei suoi costumi, e turbarono soprattutto i conservatori. Il movimento per i diritti degli afroamericani contestò con forza crescente le diseguaglianze sistematiche del paese, e innescò manifestazioni e tensioni sempre maggiori. Malcolm X criticò a lungo la proposta non violenta di Martin Luther King, sostenendo che – davanti al menefreghismo del governo – le armi fossero l'unica strada per difendere «le vite e le proprietà dei neri» dagli abusi dei bianchi. La storica legge sui diritti civili che nel 1964 mise fine alla segregazione razziale, almeno formalmente, fu percepita come una minaccia e un affronto dagli Stati del Sud, che pochi decenni prima avevano combattuto nella Guerra di secessione per difendere la schiavitù.

Un anno dopo una ventina di attivisti delle Pantere Nere entrarono con le armi spianate nella sede del Congresso della California, come gesto dimostrativo, approfittando di una legge che era stata scritta per i bianchi davanti agli sguardi nervosi degli agenti di sorveglianza, impossibilitati a intervenire. Non è un caso se tuttora i politici più ostili alle leggi sul controllo delle armi vengono eletti prevalentemente in Stati e collegi meridionali: la natura rurale di quelle regioni c'entra, ma fino a un certo punto. Il punto è che per secoli in quelle zone solo i bianchi potevano possedere armi. Quando non fu più così, comprare e possedere un'arma diventò per molti anche un modo per proteggersi da un mondo che stava cambiando, oltre che per ribadire ed esibire il proprio status. Di nuovo: riti, tradizioni, cultura.

Tuttora una delle più forti ragioni per cui alcuni americani comprano e accumulano armi di ogni genere, a volte senza nemmeno saperle usare, è una dichiarazione di identità e appartenenza: è un modo per dire chi sono. E più qualcuno promette o minaccia di voler regolare il possesso delle armi, più le armi vengono acquistate ed esibite.

Questo grande cambiamento culturale si riflesse anche nella National Rifle Association. Ancora all'inizio degli anni Settanta la lobby delle armi era una semplice associazione di cacciatori, tanto che nel 1976 la leadership del gruppo propose di trasferire da Washington il proprio quartier generale, togliere dal proprio nome la parola *rifle*, fucile, e concentrarsi più sulle pubblicazioni editoriali per appassionati e meno sul lobbismo. Fu un caso proverbiale di distacco tra la leadership e la base di un'organizzazione. Da anni, infatti, gli americani non compravano più le armi per cacciare ma per proteggersi da un nemico più o meno visibile, che fossero i criminali – i reati stavano aumentando moltissimo, e sarebbero aumentati fino agli anni Novanta – o i tumultuosi cambiamenti della società. Un numeroso gruppo di semplici iscritti all'NRA, guidati da un combattivo lobbista di nome Harlon Carter, sostenevano che il Secondo emendamento attribuisse a ogni americano il diritto di possedere armi a prescindere dal suo arruolamento in una milizia, e dato che non poneva alcuna condizione – che tipo di armi, comprate come, quanto letali – la legge dovesse fare altrettanto.

Nel 1977 i ribelli dell'NRA organizzarono un blitz al congresso annuale, presentandosi a sorpresa in gran numero e contestando la leadership uscente. Carter fu eletto capo dell'NRA e la ribaltò, legando esplicitamente il possesso delle armi alla conservazione dello stile di vita statunitense. Altro che smobilitare da Washington: il lobbismo sarebbe diventato l'attività principale dell'organizzazione, e sarebbe stato portato avanti con brutale efficienza. Esporre ai parlamentari le proprie ragioni, infatti, non era più abbastanza: bisognava agire come una morsa. Innanzitutto era necessario convincere l'opinione pubblica dell'assoluta necessità di proteggere il diritto a possedere le armi, allo scopo di rendere popolari gli argomenti e le proposte politiche dell'associazione, e dell'importanza di votare politici i cui punti di vista collimassero con quelli della lobby. Per questo venne creata la prima grande campagna pubblicitaria nazionale dell'NRA, che arruolò alcune grandi celebrità dell'epoca – bambini compresi – mettendogli in mano una pistola e accompagnando le loro immagini con lo slogan «*I'm the* NRA».

Dove non sarebbe arrivata la propaganda, invece, sarebbero arrivati i soldi. Le aziende produttrici di armi versarono montagne di denaro all'NRA, che li investì sostenendo e finanziando sistematicamente in tutto il paese i candidati più vicini alle sue posizioni, e ostacolando i più lontani. La sede di Washington – la sede sul punto di essere abbandonata – fu allargata e sovrastata da un nuovo slogan, scritto a caratteri cubitali: «Non si potrà violare il diritto dei cittadini di possedere e portare armi». Pochi anni dopo, nel 1980, l'NRA decise di sostenere ufficialmente un candidato alla presidenza: Ronald Reagan. Non era mai successo in un secolo. Per la prima volta nella storia degli Stati Uniti, le armi erano diventate una questione di profonda divisione politica.

La qualità del dibattito pubblico attorno alle armi si sgretolò. L'NRA prese ad assegnare un punteggio a ogni candidato statunitense, un rating, sulla base delle sue posizioni sulle armi: ogni voto e ogni dichiarazione potevano farlo crescere o diminuire. I politici che volevano essere considerati autentici conservatori facevano di tutto per ottenere il rating più alto possibile, anche a costo di rinunciare a qualche proposta e iniziativa ragionevole: l'NRA non tollerava compromessi e avere il bollino di approvazione della lobby era un modo straordinariamente efficace di presentarsi agli elettori di certi collegi. Diceva chi eri e cosa pensavi anche su tutto il resto. I politici con un rating inferiore a una certa soglia sapevano che l'NRA gli avrebbe dichiarato guerra, scatenandogli contro i propri iscritti e finanziando chi tra i loro avversari avesse le idee più vicine a quelle dell'organizzazione. «Nessun politico che abbia a cuore la propria carriera vorrà mettersi tra noi e i nostri obiettivi» disse Carter, e l'NRA si dimostrò in grado di avere un'influenza pesante sulle elezioni, specialmente su quelle locali e statali, grazie a una capacità di spesa sorprendente che nel giro di qualche anno tradì la sua nuova natura.

L'NRA, infatti, era rimasta solo formalmente la lobby dei possessori di armi, ma nel frattempo era diventata un'altra cosa: la lobby dei produttori di armi. La nuova leadership cambiò struttura e regole dell'organizzazione, rendendola completamente verticistica e permettendo ai suoi dirigenti di perpetuarsi in modo inamovibile; nel frattempo il consiglio d'amministrazione si riempì di amministratori delegati e manager delle principali aziende che producono armi, che cominciarono a contribuire in modo straordinario al suo bilancio. Grazie a questa trasformazione, i soldi dell'NRA iniziarono a pesare e incidere sempre di più nella politica statunitense. Negli anni Novanta i sovvenzionamenti dell'organizzazione furono determinanti nel dare ai repubblicani la maggioranza al Congresso durante l'amministrazione Clinton; alle elezioni presidenziali del 2000 un terzo di tutti i soldi spesi da gruppi indipendenti in sostegno a George W. Bush arrivò dall'NRA.

Grazie a questi risultati e a una comunicazione particolarmente aggressiva – che rese probabilmente il potere percepito dell'NRA superiore a quello reale – molti potenziali avversari decisero semplicemente di desistere: stufi di sfidare l'NRA e prenderle, i democratici cambiarono approccio. Sebbene i sondaggi suggerissero che la grandissima parte degli elettori americani fosse favorevole a introdurre norme di buon senso sulle armi, la lobby si era dimostrata straordinariamente abile nell'ottenere risultati quando contava, cioè quando dalla semplice domanda in un sondaggio si passava a una proposta di legge o al voto in un singolo collegio. D'altra parte ogni politico e ogni partito deve scegliere le sue battaglie. Il controllo delle armi perse molte posizioni nella lista delle priorità dei democratici, e nei collegi e negli Stati più conservatori il partito reclutò candidati centristi con ottimi rating dell'NRA. «Un democratico a favore delle armi vale dieci repubblicani» si diceva a quei tempi dentro la lobby. Sempre che a un certo punto non cambi idea, ovviamente. Gabrielle Giffords, deputata dell'Arizona, faceva parte di questa nuova classe di democratici amici dell'NRA che anche per questo riuscivano a farsi eleggere in zone tradizionalmente repubblicane. Lasciò l'incarico nel 2012, dopo che uno squilibrato le sparò alla testa durante un comizio nel gennaio 2011. Oggi convive con le grosse conseguenze di quell'aggressione ed è diventata un'attivista per il controllo delle armi.

La decisione dei democratici di sacrificare la battaglia sulle armi pur di riconquistare terreno al Sud ebbe profonde conseguenze. Le norme sulle armi infatti negli anni cambiarono, ma solo in una direzione: quella favorevole all'NRA. Non è esattamente vero che oggi negli Stati Uniti basti «entrare in un supermercato» per comprare un'arma, come da trito luogo comune, ma in molti Stati per farlo è sufficiente superare un controllo istantaneo dei precedenti penali e del proprio status di cittadino. In molti Stati le armi si possono portare in giro anche nascoste, e non ci sono particolari regole su come tenerle in casa. Inoltre, le armi comprate e vendute attraverso contrattazioni dirette tra venditore e compratore non sono soggette a nessun controllo, così come quelle acquistate alle fiere specializzate, uno degli oltre cinquemila *gun shows* organizzati ogni anno in tutto il paese.

In un anno il 40 per cento di tutti gli acquisti di armi avviene attraverso questo canale. Le armi, nel frattempo, sono diventate sempre più letali. Undici dei quindici maggiori produttori di armi oggi ottengono una parte significativa dei loro introiti dalla vendita di accessori – mirini telescopici, puntatori laser, luci, caricatori – e le armi che meglio si prestano a questo genere di personalizzazione sono i fucili da guerra. Armi d'assalto come gli AK-47 e gli AR-15, progettate per essere utilizzate in contesti bellici, sono state promosse con successo attraverso campagne di marketing efficaci e aggressive, soprattutto dopo l'11 settembre 2001: sono armi facilissime da utilizzare, impossibili da far inceppare, e progettate per uccidere nel modo più rapido e devastante possibile. Per capirci: ad agosto 2019 a Dayton, in Ohio, un ventiquattrenne ha sparato sulla folla nella zona dei locali della città con un fucile d'assalto; la polizia è intervenuta in meno di un minuto dal primo sparo, ma l'uomo è comunque riuscito a colpire più di trenta persone, e ucciderne otto.

Oggi a nessuno può essere negato l'acquisto di un'arma per via delle sue patologie mentali – nemmeno alle persone considerate pericolose al punto da non poter salire sugli aerei di linea – e l'NRA ha esteso il suo lobbismo al punto da aver promosso una legge che impedisce ai pediatri di parlare alle famiglie dei rischi collegati alla presenza di un'arma in casa, e agli psicologi che lavorano con l'esercito di parlare di armi con i soldati, anche quelli che manifestano atteggiamenti violenti o suicidi. Su indicazione dell'NRA, il Congresso ha anche impedito ai Centers for Disease Control and Prevention, i principali organismi statunitensi che si occupano di sanità pubblica, di studiare le armi dal punto di vista delle conseguenze medico-sanitarie sulla popolazione, malgrado lo facciano già con altri prodotti di larghissimo consumo come le automobili, il cibo, le sigarette e gli elettrodomestici. Come in una perenne profezia autoavverantesi, solo una cosa non è cambiata: l'onnipresente propaganda sul fatto che non siano le armi a produrre questa quotidiana carneficina, ma anzi che le armi siano l'unica soluzione per difendersi da essa.

Di recente i democratici hanno iniziato a cambiare approccio. L'elezione di Donald Trump alla presidenza degli

Stati Uniti ha ulteriormente rafforzato l'NRA, ma ha anche convinto gli elettori democratici che su alcune questioni fondamentali le posizioni moderate non paghino più, e che piegare la lobby delle armi richiederà una massiccia mobilitazione popolare e uno straordinario sforzo economico. Dopo la strage di Parkland del 2018 è nato un movimento di studenti partecipato come non se n'erano mai visti, e i candidati del Partito democratico alle primarie del 2020 hanno iniziato a parlare addirittura di programmi obbligatori di *buy-back*: obbligare gli americani a cedere al governo almeno le armi più pericolose e letali, in cambio di un risarcimento a prezzi di mercato. Ma è improbabile che queste promesse si realizzino: il Partito repubblicano, salvo poche eccezioni, continua ad avere posizioni pressoché indistinguibili da quelle dell'NRA. La composizione del Congresso – lo vedremo meglio fra poco – premia straordinariamente le aree rurali e conservatrici, attribuendogli un peso molto superiore alle loro effettive dimensioni nel paese. Soprattutto, la questione delle armi è culturale prima che politica. Dovrà esserlo necessariamente anche la sua soluzione.

VII
La radicalizzazione

Uno dei luoghi comuni più popolari sulla politica statunitense è quello secondo cui, alla fine della fiera, tra i due principali partiti non ci siano poi tutte queste differenze. Argomenti e toni dei due partiti possono essere diversi, così come le storie e le qualità espresse dai loro leader nel corso del tempo, ma grattando abbastanza non si potrebbe che arrivare alla conclusione che democratici e repubblicani siano uniti dalla stessa comune fiducia nel capitalismo di mercato e dalla stessa subalternità al pensiero militarista, che siano ugualmente condizionati dal potere economico delle lobby e delle grandi aziende, e che quindi – salvo alcune battaglie su temi più o meno di bandiera, per esempio le armi o i diritti civili – le loro politiche siano sostanzialmente sovrapponibili.

Non è così, ovviamente, ma questa convinzione non è basata sul nulla. Per una parte minoritaria ma significativa del dopoguerra, soprattutto dagli anni di Ronald Reagan a quelli di George W. Bush, questa tesi ha avuto qualche fondamento. Le idee e le proposte dei democratici e dei repubblicani non sono mai state identiche, ma tendevano ad avvicinarsi perché erano il riflesso di una grande classe media moderata, di campagne elettorali in cui l'elettorato contendibile – e decisivo – era quasi sempre quello indipendente e centrista, di partiti geograficamente e socialmente molto variegati, che quindi dovevano tenere insieme interessi molto diversi, e di un sistema politico il cui funzionamento costringeva entrambi i partiti a trattare e trovare continuamente accordi e compromessi. Gli americani che alle elezioni presidenziali del 1996 si trovarono a scegliere tra Bill Clinton e Bob Dole, in effetti, non avevano davanti due opzioni così lontane tra loro: le differenze tra il più moderato dei democratici e il più moderato dei repubblicani c'erano, ma non erano particolarmente pronunciate. Eppure già allora negli Stati Uniti avevano cominciato a muoversi alcune forze – politiche, sociali, mediatiche, tecnologiche – che negli anni seguenti avrebbero portato a una fortissima divaricazione dell'opinione pubblica, alla radicalizzazione di segmenti di popolazione un tempo equilibrati se non addirittura paciosi, allo sdoganamento di comportamenti e posizioni politiche fin lì largamente considerate estremiste e violente, oppure velleitarie, minoritarie, perdenti.

E infatti, nel giro di appena vent'anni è cambiato tutto. Gli americani che alle elezioni presidenziali del 2016 si trovarono a scegliere tra Donald Trump e Hillary Clinton avevano davanti due opzioni e due idee di paese radicalmente diverse. Sull'immigrazione, per esempio, uno dei temi più delicati e controversi della nostra epoca, un abisso separava le proposte dei due candidati. Il primo prometteva di radunare con la forza ed espellere tutti gli undici milioni di immigrati irregolari presenti negli Stati Uniti, a prescindere dal fatto che avessero commesso o no dei reati, che avessero o no dei figli statunitensi, che fossero o no in grado di mantenersi lavorando, che si trovassero nel paese da vent'anni o da due ore; e nel frattempo costruire un muro al confine col Messico, stringere le maglie dell'immigrazione regolare e impedire l'ingresso nel paese a tutti i musulmani, americani compresi. La seconda candidata prometteva una sanatoria che regolarizzasse tutti gli immigrati irregolari, salvo quelli che avevano commesso reati, facilitasse l'immigrazione regolare e ridimensionasse la militarizzazione del confine. A prescindere dal merito e dalle proposte, un fatto era evidente: nella politica americana il centro era sparito. Soltanto una cosa accomunava queste due idee di paese così lontane tra loro: che fossero o meno condivisibili, erano entrambe irrealizzabili. Erano state messe insieme per sedurre un elettorato che nei vent'anni precedenti era diventato sempre più bellicoso, frustrato e stufo dei compromessi. Ma non lo era diventato da solo.

L'intera architettura istituzionale statunitense si basa sul compromesso tra avversari. Molto più di quanto accada in gran parte dell'Europa, Italia compresa, dove teoricamente un governo sostenuto da una salda maggioranza parlamentare può andare avanti per anni senza dover mai mettersi d'accordo con l'opposizione. Dato che negli Stati Uniti non esiste un legame fiduciario tra il governo e il Parlamento, entrambi eletti dal popolo in modo diretto e indipendente l'uno dall'altro, è molto frequente che nello stesso momento un partito controlli la Casa Bianca e un altro controlli il Congresso, così come che i due rami del Congresso – Camera e Senato – abbiano maggioranze diverse. Inoltre, i regolamenti parlamentari mettono a disposizione dei partiti una vasta gamma di strumenti di ostruzionismo, come vedremo tra poco: nonostante bastino cinquantun seggi al Senato per avere la maggioranza semplice, per esempio, ne servono sessanta per aggirare un'eventuale pattuglia di senatori che decida di voler interrompere l'iter di una legge. Anche le nomine governative e quelle giudiziarie, che richiedono la ratifica da parte del Senato, possono essere bloccate se non ricevono almeno sessanta voti favorevoli.

A meno di fermare del tutto l'attività legislativa, lasciare i tribunali vuoti e bloccare il paese, insomma, fin dalla nascita della Repubblica i partiti e i parlamentari statunitensi sono stati costretti a venire frequentemente a compromessi, battagliando per contendersi i consensi degli elettori per poter spostare volta per volta quei compromessi un po' più a destra o un po' più a sinistra. Nell'idea dei Padri fondatori questo funzionamento è una virtù del sistema e non un suo limite, ed effettivamente nel corso dei secoli ha contribuito in modo significativo a trasformare gli Stati Uniti in un paese che – seppur pieno di difetti e problemi, ma chi non ne ha? – può vantare la più grande e prospera economia del mondo, la più vasta e sofisticata influenza culturale, la più distruttiva potenza militare, il più avanzato progresso scientifico e tecnologico.

A un certo punto, però, qualcosa si è inceppato: e niente è in grado di spiegare cosa sia successo all'America meglio della progressiva radicalizzazione degli americani, un fenomeno storico con diramazioni in ogni angolo della società, dell'economia e della cultura, che condiziona non solo la politica ma le decisioni delle aziende, le abitudini dei consumatori, le produzioni culturali, i rapporti tra le persone persino dentro le famiglie. Alcune delle cause di questo fenomeno le abbiamo già affrontate – le cicatrici lasciate dalla crisi, i rapidissimi cambiamenti demografici e il loro impatto, le diseguaglianze economiche e la crescente sensazione di precarietà – ma ce ne sono altre, imprescindibili, che si sono messe in moto molto prima.

«Uno dei più grandi problemi che abbiamo nel Partito repubblicano è che non vi incoraggiamo abbastanza a essere cattivi. Vi incoraggiamo invece a essere gradevoli, obbedienti, leali e fedeli, tutti aggettivi da boy-scout che vanno benissimo attorno a un fuoco ma che non sono adatti alla politica.» Nel giugno 1978 ad Atlanta, in Georgia, un giovane candidato al Congresso di nome Newt Gingrich rivolse un comizio a un'associazione di studenti universitari iscritti al Partito repubblicano. Gingrich aveva 35 anni, era un giovane docente universitario e un oratore colto e brillante, ma aveva provato per due volte a farsi eleggere alla

Camera e aveva fallito entrambe le volte. La nuova generazione dei repubblicani, disse quel giorno al suo giovane pubblico, avrebbe dovuto «scatenare l'inferno», smetterla di fare i «carini» e trattare finalmente la politica per quello che è: una guerra per il potere in cui tutto è lecito.

Quando riuscì finalmente a farsi eleggere, alla fine di quell'anno, Gingrich trovò effettivamente un partito in macerie. Lo scandalo Watergate di pochi anni prima aveva azzerato una generazione di politici repubblicani e aveva lasciato nei sopravvissuti una mentalità mesta e sconfitta. La principale preoccupazione dei nuovi colleghi di Gingrich era mostrarsi lontani dalla spregiudicatezza di Nixon e dei suoi: fare i bravi. E in quella fase, fare i bravi voleva dire prenderle dai democratici. Per essere un novizio, però, Gingrich era arrivato a Washington con le idee molto chiare. Le elezioni presidenziali sarebbero state sempre contendibili e aperte, ma per tornare a controllare il Congresso – in mano ai democratici fin dagli anni Trenta, con due sole brevi interruzioni – i repubblicani avrebbero dovuto far saltare il tavolo. Invece che sperare di aumentare lentamente il loro potere contrattuale in modo da ottenere compromessi più vicini alle istanze dei loro elettori, avrebbero dovuto sabotarli, i compromessi. Intralciare le trattative. Seminare zizzania tra chi dialoga. Tendere trappole per aumentare la sfiducia reciproca. Cogliere ogni occasione per piegare le regole del gioco a proprio vantaggio. Sfruttare i media per alzare il livello dello scontro dialettico. I repubblicani, insomma, avrebbero dovuto far saltare i cardini su cui aveva poggiato la politica parlamentare fino a quel momento: smettere di far funzionare il Congresso, renderlo impotente, litigioso e sgradevole, per poi – attraverso un'urlata campagna populista contro la politica e i palazzi di Washington – incassare i dividendi del disgusto della popolazione, spazzare via la classe dirigente precedente e costruire una nuova maggioranza, che fosse radicalmente conservatrice e soprattutto, per l'appunto, «cattiva».

L'esecuzione del piano fu piuttosto rapida. Appena eletto, Gingrich riuscì a coinvolgere attorno al suo progetto un gruppetto di deputati eletti in collegi molto conservatori, dodici appena, che nel giro di poco tempo riuscirono a farsi detestare dai loro colleghi. Gingrich e i suoi erano evidentemente disinteressati all'attività legislativa, e gli capitava di disertare sedute molto importanti per poi invece rivolgere discorsi lunghi e appassionati davanti all'aula vuota, con il solo scopo di farsi riprendere dalle telecamere di C-SPAN, la tv che trasmette i lavori parlamentari, facendo notizia con dichiarazioni offensive.

Nei corridoi del Congresso i deputati di Gingrich si notavano facilmente: sembravano sempre in cerca di un pretesto per fare casino. Erano visti con fastidio dai colleghi ma non contavano niente, pensava la vecchia guardia, e di questo passo non lo avrebbero fatto mai. Ignorarli però era impossibile. Gingrich e i suoi erano molesti e aggressivi, e nei loro discorsi insultavano allo stesso modo gli avversari e i compagni di partito, accusandoli di volta in volta di essere antiamericani, filosovietici, traditori, illiberali, corrotti. Nel 1984 un intervento di Gingrich portò l'allora speaker della Camera a interromperlo, con le guance rosse dalla rabbia: «Questa è la cosa più bassa a cui abbia assistito nei trentadue anni che ho passato al Congresso!». Lo scontro – inedito per quei tempi – fu molto ripreso dai telegiornali della sera e dai quotidiani. Quando gli venne chiesto un commento, Gingrich rispose: «Be', adesso sono famoso».[1] Missione compiuta.

Agli elettori repubblicani smarriti e umiliati dal caso Watergate, peraltro, questo atteggiamento combattivo piacque: biennio dopo biennio, elezione dopo elezione, la delegazione di Gingrich e dei deputati che lo imitavano diventò sempre più folta. L'aggressività restò la stessa, ma diventò organizzata, sistematica, e molti parlamentari in cerca di visibilità cominciarono a usare gli stessi strumenti. I nomignoli per deridere gli avversari. Le proposte di legge presentate soltanto per ragioni strumentali. I dibattiti parlamentari descritti come uno scontro tra il bene e il male. Le sedute trasformate in guerre permanenti. Le teorie del complotto più assurde trasformate in argomenti *mainstream*.

L'ascesa di questa nuova minacciosa generazione di deputati repubblicani ebbe delle conseguenze anche tra i loro avversari. Quando nel 1987 il vecchio e pacioso speaker della Camera dovette essere sostituito, i democratici non scelsero un altro esperto negoziatore, un altro normalizzatore, bensì Jim Wright, un deputato del Texas noto per essere scorbutico e non particolarmente rispettoso dei diritti della minoranza. I repubblicani più anziani giudicarono quella scelta una provocazione. «A quel punto» raccontò all'«Atlantic» un deputato repubblicano di quei tempi, «tra noi cominciammo a chiederci: chi è il più stronzo e meschino figlio di puttana che possiamo assoldare per reagire come si deve? Ovviamente era Newt Gingrich.»

Nonostante lo malsopportasse da anni, la vecchia guardia del Partito repubblicano al Congresso diede mandato a Gingrich perché logorasse la leadership dei democratici costringendo Wright a un atteggiamento più collaborativo. Gingrich andò molto oltre. Prima accusò Wright di aver protetto un suo assistente parlamentare che sedici anni prima aveva tentato di uccidere una donna. Poi, nel 1988, scoprì che Wright aveva comprato in blocco migliaia di copie del suo libro per aumentare artificiosamente i dati delle vendite e ottenere così compensi più alti per la sua partecipazione a eventi e conferenze, e che lui e sua moglie avevano ottenuto alcuni costosi regali da un costruttore immobiliare. Le forti pressioni di Gingrich e dei suoi portarono all'apertura di un'indagine parlamentare e spaccarono i democratici, finché il 31 maggio 1989 Jim Wright divenne il primo speaker della Camera a dimettersi nella storia degli Stati Uniti. Col senno di poi, però, la notizia principale di quel giorno fu un'altra: Newt Gingrich si era preso il Partito repubblicano.

La sua influenza infatti continuò a crescere: ogni rinnovo biennale della Camera portava qualche deputato in più nella sua corrente, mentre la vecchia guardia si spaccava tra i convertiti e quelli che preferivano cambiare aria, andare in pensione o puntare ad altri incarichi. I lavori dell'aula diventarono intanto sempre più frammentati e improduttivi: i repubblicani cominciarono a bloccare anche le leggi più innocue, nonché quelle che erano state scritte collaborando in commissione; e ogni sera i telegiornali raccontavano di qualche infantile rissa verbale in cui non si capiva più chi avesse iniziato e chi avesse ragione.

Dopo la vittoria di Bill Clinton alle elezioni presidenziali del 1992, il partito affidò a Gingrich la strategia nazionale per le elezioni di metà mandato, e Gingrich di nuovo non li deluse. Dato che Clinton era stato eletto senza la maggioranza assoluta dei voti – grazie alla presenza di un candidato che oggi definiremmo «antipolitico», il milionario Ross Perot, che sfruttando il nuovo clima nazionale aveva tolto molti consensi al presidente uscente Bush – i repubblicani lo avrebbero accusato di essere abusivo, e avrebbero trasformato il voto di metà mandato del 1994 in un referendum su di lui.

Il coronamento di quella campagna fu una cerimonia organizzata sulle scalinate del Congresso con Gingrich e trecento candidati alla Camera, durante la quale fu firmata una lista di dieci leggi che i repubblicani si impegnavano ad approvare se avessero avuto la maggioranza alla Camera. Lo chiamarono «il contratto con l'America» (esatto: basta scavare un po' nella comunicazione politica statunitense per trovare tutte o quasi le idee arrivate qualche anno dopo in Italia). Nei giorni precedenti al voto i sondaggi mostrarono che il tasso di approvazione della popolazione nei confronti del Congresso era sceso repentinamente, dal 40 al 20 per cento: e così l'8 novembre 1994, alle elezioni di metà mandato, i repubblicani ottennero una vittoria storica, riconquistando la maggioranza sia alla Camera che al Senato per la prima volta in quarant'anni.

Benché non fosse il più esperto né il più anziano tra i deputati repubblicani, Newt Gingrich diventò lo speaker della Camera. Appena insediato, accorciò a tre giorni la settimana lavorativa dei deputati, spedendoli nel resto del tempo a caccia di fondi nei loro collegi, anche se la successiva campagna elettorale era ancora lontana: tutte le energie del partito si rivolsero al corteggiamento di aziende, lobby e ricchi finanziatori, e i repubblicani raccolsero una quantità di denaro mai vista prima nella storia della politica statunitense. Pur di non dare un vantaggio di questo genere ai loro avversari, i democratici cominciarono a fare lo stesso. Le leggi promesse dai repubblicani nel loro «contratto» furono approvate dalla Camera, ma finirono tutte irrimediabilmente bloccate al Senato oppure rigettate dai veti del presidente Clinton: adesso erano i democratici a fare ostruzionismo.

Per necessità o per scelta, insomma, i democratici cominciarono a essere contagiati dallo stile bellicoso e spregiudicato dei repubblicani. Lo scontro frontale era nell'aria, e arrivò tra la fine del 1995 e l'inizio del 1996. Le trattative sulla legge di bilancio si arenarono, con la Casa Bianca di Bill Clinton che chiedeva investimenti sulle infrastrutture e la sanità, e i repubblicani di Newt Gingrich al Congresso che chiedevano tagli profondissimi alla spesa. In assenza di un accordo, la mancata approvazione del bilancio federale costrinse il governo a cessare ogni attività, il famigerato «shutdown»: per quasi un mese gli uffici delle agenzie governative chiusero in tutto il paese, creando enormi problemi al trasporto aereo e lasciando ottocentomila lavoratori americani senza stipendio. Non era mai accaduto prima.

All'epoca si pensò che Gingrich avesse fatto il passo più lungo della gamba. Il Partito repubblicano, infatti, non uscì bene da quello scontro: gli elettori diedero la responsabilità dello «shutdown» più a loro che ai democratici, mentre Bill Clinton – trascinato da un'economia galoppante – restò molto popolare e andò a vincere nuovamente le elezioni presidenziali nel 1996. Soltanto due anni dopo, però, Gingrich rilanciò: prima facendo nominare un procuratore speciale che indagasse su alcune accuse di corruzione e molestie sessuali rivolte a Bill Clinton, e poi portando la Camera ad avviare la procedura di impeachment quando emerse che il presidente aveva mentito sotto giuramento parlando della sua relazione extraconiugale con una stagista della Casa Bianca, Monica Lewinsky. Anche quel tentativo fallì – Clinton fu scagionato dal Senato e restò presidente – e stavolta Gingrich non riuscì a cavarsela, anche perché nel frattempo erano venute fuori alcune sue relazioni extraconiugali, ed erano stati scoperti una serie di piccoli e grandi favori che aveva ricevuto illecitamente in quanto speaker della Camera.

Alle elezioni di metà mandato del 1998 i democratici guadagnarono sei seggi e alla fine dell'anno Gingrich si dimise da deputato e da speaker, appreso che i suoi colleghi stavano tramando per avere la sua testa. Nella frase con cui commentò la sua sconfitta personale, però, si nascondeva il senso di una più profonda vittoria politica. «Io sarei ancora disponibile a lavorare con voi» disse ai suoi colleghi, «ma non voglio guidare delle persone che si comportano da cannibali.» Era stato proprio lui, però, a rendere i deputati repubblicani dei cannibali: Gingrich era effettivamente riuscito a cambiare la politica statunitense, innescando una progressiva radicalizzazione che avrebbe investito da lì in poi innanzitutto il Partito repubblicano e in generale i conservatori. Il mestiere di parlamentare richiedeva già prima di Gingrich un certo pelo sullo stomaco, ma fu lui a far diventare comuni e scontati gli attacchi personali, le accuse infondate, gli insulti, la descrizione di ogni compromesso come un tradimento, la demonizzazione degli avversari, le leggi e i regolamenti parlamentari usati come armi contundenti, gli «shutdown» del governo come strumenti di negoziato. «Pensava di dare inizio a una nuova era di governo per i conservatori» scrisse l'«Atlantic», «ma invece diede inizio a una serie di comportamenti – arrabbiati, bellicosi, tribali – che avrebbero infettato la politica per decenni.»

Non lo fece da solo, ovviamente. Le tattiche di Gingrich riscossero un certo successo perché già dagli anni Sessanta la geografia politica statunitense aveva iniziato a cambiare, e perché qualcuno, da fuori, gli diede una grossa mano. Ma andiamo con ordine.

Fino agli anni Sessanta, sia il Partito democratico che quello repubblicano avevano coltivato un elettorato molto variegato. I repubblicani avevano al Nord e nelle grandi città una corrente molto moderata, se non addirittura liberale, in grado di competere con i democratici; e i democratici avevano al Sud e nelle zone rurali una corrente moderata, spesso anche conservatrice, che li rendeva un'alternativa plausibile ai repubblicani. Per fare i due esempi più noti: George Wallace, il governatore segregazionista dell'Alabama, era un democratico; Nelson Rockefeller, il governatore di New York internazionalista e liberale, era repubblicano. D'altra parte un sistema politico che si fonda quasi esclusivamente su due partiti non può tollerare richiami alla purezza ideologica, e deve prevedere la pacifica convivenza di posizioni molto diverse senza che nessuno si senta ospite. La natura federale degli Stati Uniti e della loro politica faceva il resto: ogni città, ogni regione, ogni Stato aveva i suoi rappresentanti eletti, e capitava quindi che la California venisse governata dai repubblicani (come accadde a lungo tra gli anni Trenta e Settanta) e il Partito democratico governasse il Texas (come accadde ininterrottamente dal 1874 al 1978).

I fatti degli anni Sessanta e Settanta, però, innescarono altre e nuove dinamiche. Si dice che subito dopo aver firmato la storica e osteggiatissima legge sui diritti civili che abolì la segregazione razziale, il presidente Lyndon Johnson abbia detto: «Abbiamo appena consegnato il Sud ai repubblicani per una generazione». L'attribuzione di questa frase a Johnson è molto discussa, ma il suo contenuto descrive esattamente ciò che accadde. I democratici non persero il Sud immediatamente, ma da quel momento in poi la loro posizione con gli elettori bianchi cominciò a sgretolarsi. Inoltre, l'introduzione dei programmi di assistenza sanitaria rivolti agli anziani e ai più poveri – Medicare e Medicaid – consolidò il consenso dei democratici nelle grandi aree urbane e preoccupò i repubblicani, già molto legati all'idea di uno Stato minimo. Le proteste studentesche, il movimento pacifista e le lotte per il cambiamento dei costumi degli anni Settanta contribuirono a far aumentare la divaricazione, con i repubblicani che le giudicavano minacce da combattere e i democratici che cercavano di canalizzare quelle energie in campagne politiche progressiste. Insomma: quando Newt Gingrich arrivò sulla scena, l'elettorato statunitense attraversava già da vent'anni una lenta polarizzazione geografica e politica, separandosi tra democratici e repubblicani come olio nell'acqua. Oltre a trovare per queste ragioni molte persone disposte ad ascoltarlo, poi, Gingrich trovò un megafono.

«Ci sono tre cose a cui i media sono interessati: immagini, errori e attacchi. Se fai politica, quindi, questo è l'unico modo per far sì che i media si occupino di te: evita gli errori, riforniscili di immagini, e soprattutto attacca. È la teoria della buca dell'orchestra. Ci sono due candidati sul palco di un teatro. Uno dice che ha la soluzione per la pace in Medio Oriente. L'altro cade nella buca dell'orchestra. Chi dei due sarà il protagonista dei telegiornali della sera?» Prima di diventare nel 1996 il fondatore di Fox News, e applicare questa filosofia alla rete televisiva oggi più popolare e influente degli Stati Uniti, Roger Ailes aveva fatto il consulente politico di Richard Nixon, Ronald Reagan e George H.W. Bush. Era noto per essere un comunicatore cinico, aggressivo e spregiudicato: come i personaggi monodimensionali di certi film però vero, in carne e ossa.

Anche la sua storia personale sembrava uscita da un romanzo triste. Ailes era emofiliaco, e per questo da bambino era spesso assente da scuola e passava intere giornate davanti alla televisione. Raccontava che una volta da piccolo era in cima a un letto a castello e suo padre – che lo picchiava regolarmente – gli disse di saltare tra le sue braccia, per poi lasciarlo cadere a terra e ammonirlo, dal nulla: «Non fidarti mai di nessuno». Dopo la sconfitta di George H.W. Bush alle presidenziali del 1992, Ailes era andato a dirigere CNBC, che aveva rilanciato decidendo di seguire le notizie economiche come se fossero notizie di sport: collegamenti in diretta da Wall Street, toni decisamente sopra le righe e un talk show dopo l'altro. Era una prova generale. Fox esisteva già negli Stati Uniti, ma solo come canale di intrattenimento; il suo proprietario, il magnate australiano Rupert Murdoch, progettava da anni il lancio di un canale *all-news* negli Stati Uniti, ma non riusciva a trovare la persona giusta a cui affidarlo: finché non trovò Ailes. I due erano d'accordo sul fatto che la CNN fosse sbilanciata a favore dei democratici, ma Ailes non era interessato a fondare semplicemente un canale più vicino ai repubblicani, e questa fu la prima di una serie di intuizioni a modo loro geniali.

Secondo Ailes, infatti, Fox News non andava presentata al pubblico come la tv dei conservatori, bensì come l'unico canale con una linea editoriale equa ed equidistante, al contrario della CNN e le altre reti che – mascherandosi dietro un grigio rigore istituzionale – riflettevano secondo lui soltanto il punto di vista della sinistra ed escludevano sistematicamente le voci conservatrici. Fox News non voleva posizionarsi in modo speculare a CNN: voleva prendere il suo posto nella dieta mediatica degli americani. Per riuscirci non solo sarebbe stata decisamente conservatrice senza mai definirsi tale – lo slogan della rete fu da subito «*Fair and balanced*», giusta ed equa – ma sarebbe stata soprattutto molto aggressiva.

Le notizie furono da subito drammatizzate, con tutti i nuovi sviluppi annunciati da un *whoosh* e da grandi scritte BREAKING NEWS o NEWS ALERT (e se cresceva il livello di allerta legato agli attentati terroristici, la grande scritta lampeggiante diceva TERROR ALERT HIGH). Era impossibile distinguere i fatti dalle opinioni, anche durante i telegiornali, perché la stessa scelta dei fatti di cui occuparsi e il modo in cui questi venivano presentati agli spettatori era di fatto un ibrido: ecco un servizio su quei perdigiorno che manifestano contro questo governatore repubblicano, ecco come i democratici vogliono fare esplodere il debito pubblico, scoperta un'altra bugia di Bill Clinton, sentite cosa ha fatto questo immigrato clandestino, i democratici vogliono davvero bene all'America? In mezzo, una serie di programmi di approfondimento affidati ad alcuni degli opinionisti più spregiudicati e pungenti in circolazione, per gran parte conservatori, e la fabbricazione ad arte di casi e scandali volti a dire all'americano medio: il paese in cui abitavi tra poco non esisterà più, e quelli che te lo stanno portando via stanno con i democratici. La «guerra al Natale». Il ritorno delle Pantere Nere. L'ipocrisia degli attori di Hollywood che sparano nei film ma sono contro le armi. Il dilagante razzismo contro i bianchi. In Europa le tasse sono altissime e gli immigrati sono ovunque. Se i gay possono sposarsi, perché non possiamo sposarci con gli animali? Eccetera. La vera logica dietro le scelte di Fox News non era promuovere opinioni conservatrici, anche se quello era il mezzo più usato: la logica era usare ogni occasione per alzare la temperatura del dibattito pubblico, attaccare i democratici e spaventare le persone. Se una cosa piace alla sinistra, è un male per l'America; se una cosa non piace alla sinistra, è un bene per l'America.

Il nuovo Partito repubblicano di Newt Gingrich e la nuova Fox News di Roger Ailes si trovarono da subito alla perfezione. A volte erano Gingrich e i suoi a tirar fuori al Congresso una storia su cui Fox News avrebbe marciato per giorni; altre volte erano i parlamentari a portare in aula l'ultima denuncia di qualche conduttore televisivo. Ognuno faceva da cassa di risonanza all'altro, assecondandolo e spalleggiandolo, aumentando reciprocamente la rispettiva influenza e rilevanza.

Quando poi scoppiò il caso Lewinsky, col successivo impeachment di Clinton orchestrato da Gingrich, i dirigenti di Fox News capirono di avere davanti una grande occasione. Mentre gli altri network iniziarono a trattare il caso con qualche distanza e scetticismo – prima che venisse fuori il famoso vestito e che Clinton mentisse al Congresso, il caso Lewinsky era una fragile e ricorrente storia da rotocalco di gossip – Fox News ci si tuffò a capofitto, intuendo prima degli altri che potesse diventare una cosa più grande e che potesse differenziarla ulteriormente dal resto dell'informazione televisiva. Il palinsesto fu ribaltato per far spazio agli aggiornamenti sul caso Lewinsky, e toni e argomenti cospirazionisti un tempo confinati alle *talk radio* di destra trovarono in Fox News un megafono di potenza mai vista prima. «Avevamo bisogno di una storia dalla quale non fosse possibile togliere gli occhi» disse poi Brit Hume, per dodici anni direttore responsabile del canale. E il caso Lewinsky lo diventò sempre di più giorno dopo giorno, costringendo gli altri canali televisivi e le altre testate a inseguire Fox News, che intanto in pochi mesi aveva aumentato i propri spettatori serali del 400 per cento e, all'inizio del 1999, aveva superato la ben più nota e antica MSNBC.

Fu solo l'inizio. Se il fallimento dell'impeachment contro

Bill Clinton e la successiva sconfitta dei repubblicani alle elezioni di metà mandato portò alla brusca fine della carriera parlamentare di Newt Gingrich, come abbiamo visto, Fox News ovviamente non dovette pagare alcun prezzo. Anzi. Un altro giorno, un altro scandalo su cui marciare: e nei mesi e negli anni immediatamente successivi la storia statunitense le avrebbe regalato altre storie dalle quali non sarebbe stato possibile togliere gli occhi.

Prima le elezioni presidenziali del 2000, quando Roger Ailes in piena notte ricevette una telefonata da un cugino di George W. Bush e così, sulla base di una sua dritta, Fox News fu la prima televisione a dichiararlo vincitore, piegando la situazione dalla sua parte per le successive frenetiche settimane di riconteggi, cause legali e polemiche. Poi gli attentati dell'11 settembre del 2001 e gli interventi militari in Afghanistan e in Iraq. Su Fox News chi non era d'accordo con l'amministrazione Bush veniva messo sullo stesso piano dei «nemici dell'America» e le guerre venivano promosse più che raccontate, e seguite con un coinvolgimento emotivo straordinario: i soldati americani erano «i nostri soldati», tutti i presentatori e giornalisti andavano in onda indossando una spilletta a stelle e strisce e qualcuno di tanto in tanto dava vita a momenti surreali e inquietanti, come la volta in cui il corrispondente di guerra Geraldo Rivera andò in onda con una pistola in mano dicendo che sarebbe stato onorato di uccidere personalmente Osama bin Laden.

Alla fine del 2002, Fox News aveva superato CNN ed era diventato il canale televisivo *all-news* più visto degli Stati Uniti. E dal momento che la premessa generale di Fox News era «Noi non siamo di parte, sono gli altri che sono di sinistra», ogni volta che un giornale o una tv osava replicare alle accuse di Fox News, o smentire le sue notizie false o esagerate, cadeva nella trappola: vedete? Oggi Fox News è ancora la tv *all-news* più vista dagli americani, e certamente la più influente: ed è la tv che ha cambiato completamente il panorama e il linguaggio dell'informazione televisiva statunitense. Un sondaggio del 2019 ha riscontrato che tra i quindici brand più controversi negli Stati Uniti, ben dodici sono di aziende che lavorano nei media: dopo Fox News il secondo marchio più polarizzante è quello dell'algida CNN, a lungo considerata noiosamente *non-partisan*.

Il Partito repubblicano, mollate le redini grazie a Newt Gingrich e sostenuto da elettori per cui Fox News era diventata l'unica o quasi fonte di informazione, seguì a ruota, e anno dopo anno si spostò sempre di più a destra. Sebbene infatti questa radicalizzazione nel tempo abbia investito l'intera popolazione statunitense e abbia coinvolto a un certo punto anche il Partito democratico, l'evoluzione è stata sicuramente asimmetrica. Un'analisi dei programmi dei partiti di tutto il mondo realizzata nel 2018 – il Manifesto Project, finanziato dalla più grande e autorevole fondazione tedesca per la ricerca scientifica – ha riscontrato che le posizioni del Partito repubblicano statunitense si collocano ben più a destra non solo dei grandi partiti conservatori internazionali ma anche del Front National francese e dello UKIP britannico, mentre le posizioni del Partito democratico statunitense sono più o meno allineate a quelle dei grandi partiti progressisti europei. Secondo questo studio, il partito europeo dalle posizioni più vicine a quelle odierne del Partito repubblicano statunitense – nativiste, populiste, isolazioniste e ostili al mercato – è Alternative für Deutschland, il noto partito tedesco di estrema destra.

D'altra parte, il presidente Donald Trump ha espresso più volte argomenti razzisti e intolleranti, ha manifestato apertamente il proprio sostegno per politici di estrema destra come Marine Le Pen e Matteo Salvini, ha un noto e pubblico rapporto di amicizia con Nigel Farage e – per fare un solo esempio tra tanti – secondo il «New York Times» ha chiesto più volte ai funzionari della sua amministrazione (e non ironicamente) se fosse possibile sparare alle gambe delle persone che cercano di oltrepassare il confine statunitense, oppure scavare un fossato con coccodrilli e serpenti a ridosso dello stesso confine. Il tutto con un vasto ed entusiasta sostegno da parte dei militanti e degli elettori del Partito repubblicano.

Tutto questo è successo solo grazie a Newt Gingrich e Fox News? Certamente no, anche perché in modi diversi e con tempi diversi la progressiva brutalizzazione della politica è arrivata in molti altri paesi del mondo. E qui entra in gioco Internet. Tra il 2004 e il 2006 furono fondati Facebook, YouTube e Twitter, dando così inizio a uno sconvolgimento dei linguaggi, della politica, dei media e dei costumi che stiamo ancora attraversando, e costruendo modelli di business straordinariamente remunerativi attorno alla monetizzazione della rabbia, dell'indignazione perenne e dell'affermazione di sé attraverso l'aggressività verbale. Dato che questi servizi hanno bisogno dell'attenzione continua dei loro utenti, algoritmi sempre più sofisticati iniziarono a proporre alle persone solo e soltanto contenuti che rafforzavano quello in cui credevano già, creando vere e proprie realtà parallele, ognuna col suo sistema di valori e il suo pacchetto di informazioni e fatti condivisi da tutti gli abitanti di quella realtà.

Il criticatissimo sistema con cui YouTube suggerisce di guardare un video dopo l'altro ha radicalizzato ragazzini appassionati di videogiochi e pensionati appassionati di storia, proponendogli poco alla volta contenuti sempre più estremi e devianti. Un'indagine del «Wall Street Journal» ha riscontrato che YouTube propone sistematicamente video con contenuti provocatori ed estremisti – quelli che generano il maggior *engagement*, spesso proprio perché così controversi – anche partendo da semplici video informativi provenienti da canali innocui e *mainstream*, un fenomeno raccontato ormai da anni e con preoccupazione da esperti, studiosi e grandi testate.

Tutto quello che è successo dopo, almeno negli Stati Uniti, è stato inevitabile: come una palla che rotola su un piano inclinato. Le sofferenze provocate dalla gravissima crisi economica iniziata nel 2007-2008 hanno esacerbato ulteriormente le ingiustizie e gli squilibri della società, generando un rabbioso desiderio di cambiamenti radicali e punitivi nei confronti volta per volta dei politici di Washington, degli immigrati, delle banche e del cosiddetto establishment.

Durante la campagna elettorale del 2008 il candidato del Partito repubblicano John McCain provò a rilanciare la sua candidatura scegliendo come sua candidata alla vicepresidenza l'allora governatrice dell'Alaska Sarah Palin, un personaggio scoperto e coccolato dalla destra più radicale, contribuendo allo sdoganamento di posizioni un tempo considerate impresentabili portandole potenzialmente a un passo dallo Studio Ovale. La successiva elezione di Barack Obama, il primo presidente nero, generò nella fazione più estremista dei conservatori un risentimento pre-politico che portò persino a mettere in discussione la stessa legittimità della sua elezione, attraverso la nota e ampiamente screditata teoria secondo cui Obama avesse falsificato i suoi documenti per nascondere di essere nato in Africa e non negli Stati Uniti: una tesi che vide nel suo più famoso sostenitore proprio l'attuale presidente degli Stati Uniti, Donald Trump. La base del Partito repubblicano era diventata a quel punto così bellicosa e massimalista che anno dopo anno, salvo poche eccezioni, i deputati e senatori più moderati hanno deciso di non ricandidarsi o sono stati sconfitti alle primarie da sfidanti che erano diretta espressione di questo crescente massimalismo. Ma persino il tutt'altro che moderato Paul Ryan, che a meno di cinquant'anni è già stato candidato alla vicepresidenza e speaker della Camera, e in un'altra epoca sarebbe stato lanciato verso una carriera ambiziosa e brillante, ha deciso di lasciare la politica.

Gli accordi e i compromessi tra la Casa Bianca e il Congresso sono diventati sempre più rari fino a sparire quasi del tutto, provocando un uso sistematico delle procedure di ostruzionismo, un nuovo lungo «shutdown» delle attività del governo nel 2013 e la vacanza di decine e decine di incarichi giudiziari e di sottogoverno che richiedono una nomina del presidente e una ratifica del Senato: e questo solo per parlare delle cose che è assolutamente necessario fare. Tutte le altre, semplicemente, non sono state fatte.

Il resto è storia dei nostri giorni, con la clamorosa – ma a ben guardare non esattamente sorprendente – vittoria di un outsider come Donald Trump, prima dentro il Partito repubblicano e poi nel paese: una vittoria che è stata un po' la chiusura di un cerchio, visto che Newt Gingrich è stato uno dei suoi principali consiglieri (premiato dopo l'elezione con la nomina di sua moglie Callista ad ambasciatrice degli Stati Uniti presso la Santa Sede) e il suo governo è pieno zeppo di personaggi provenienti da Fox News, il canale televisivo che il presidente guarda per ore ogni giorno e che influenza una grandissima parte dei suoi tweet, delle sue esternazioni e delle sue iniziative politiche: Bill Shine, ex direttore di Fox News, è stato vicecapo della Comunicazione della Casa Bianca; gli opinionisti Ben Carson, John Bolton e K.T. McFarland sono o sono stati rispettivamente segretario della Sanità, consigliere per la Sicurezza nazionale e viceconsigliere per la Sicurezza nazionale.

E le porte girevoli funzionano anche al contrario: Hope Hicks, storica assistente personale di Trump e già capo della comunicazione alla Casa Bianca, nel 2019 è diventata capo della comunicazione e vicepresidente esecutivo di Fox News, mentre Sebastian Gorka, ex funzionario della Casa Bianca accusato di simpatie neonaziste, lasciato il suo incarico è diventato un opinionista di Fox News. L'ex portavoce della Casa Bianca, Sarah Huckabee Sanders, a sua volta figlia di un ex governatore e opinionista di Fox News, a un certo punto aveva smesso del tutto di organizzare conferenze stampa per i giornalisti, ma veniva regolarmente intervistata da Fox News; Sean Hannity, protagonista del programma più visto della rete, sente il presidente Trump ogni sera ed è considerato il «capo fantasma» del suo governo; il figlio primogenito del presidente, Donald Trump Jr, non poteva che avere come compagna un'ex conduttrice di Fox News, Kimberly Guilfoyle.

Il vecchio Roger Ailes è morto nel 2017, un anno dopo aver lasciato Fox News a causa di molte gravissime accuse di violenze e molestie sessuali presentate da giornaliste e impiegate della rete, ma la sua assenza non ha normalizzato la situazione, anzi: ha tolto invece gli ultimi freni rimasti, legittimando un rapporto con il potere politico che nemmeno durante l'amministrazione Bush era stato così incestuoso. La docente universitaria Nicole Hemmer, esperta di media conservatori presso l'Università della Virginia, ha definito il ruolo di Fox News durante l'amministrazione Trump come «la cosa più simile a una tv di Stato che abbiamo mai avuto in America».

Nel frattempo, gli stessi cambiamenti sociali e demografici che negli anni Sessanta e Settanta avevano generato gli embrioni di questa progressiva radicalizzazione si sono ulteriormente acutizzati, e cause ed effetti sono diventati indistinguibili. Come abbiamo già osservato, l'aumento dell'immigrazione dall'America Latina e dall'Asia, unito ai maggiori tassi di natalità tra le persone non bianche, hanno creato un paese etnicamente sempre più variegato, e questa trasformazione è vista con grande timore da un pezzo consistente della popolazione, soprattutto le persone bianche più anziane e meno istruite. Il nazionalismo bianco ha ripreso forza e rilevanza, trovando sponde nella politica istituzionale in modo sempre più frequente.

La teoria secondo cui molti elettori bianchi della classe operaia avrebbero deciso di votare per un milionario newyorkese come Trump perché abbandonati da una sinistra sempre più elitaria e lontana dal popolo è ormai molto diffusa anche in ambienti progressisti, ma l'osservazione della realtà suggerisce che nasconda una certa subalternità alle tesi dei movimenti populisti e anti-establishment: analisi più attente e fondate suggeriscono che quegli elettori bianchi e poco istruiti si siano allontanati dal Partito democratico proprio perché in cerca di soggetti politici che rappresentassero adeguatamente la loro ansia per i cambiamenti demografici in corso. Questo genere di valutazioni si è riflesso anche nelle scelte non politiche delle persone, per esempio se e cosa studiare o dove vivere: anno dopo anno, decennio dopo decennio, gli americani più istruiti e aperti alla diversità si sono stabiliti sempre di più nelle grandi aree metropolitane, mentre le comunità rurali sono diventate sempre più omogenee dal punto di vista etnico e religioso. Anche i consumi sono diventati un modo per esprimere orgogliosamente le proprie idee politiche, dall'opportunità di acquistare un'arma – gli acquisti di armi da fuoco sono cresciuti tantissimo durante l'amministrazione Obama – al boicottaggio di aziende, personaggi e prodotti culturali associabili a opinioni o mondi percepiti come lontani dal proprio. Da televisive e digitali, le camere dell'eco sono diventate reali. E per quanto – come abbiamo visto – questa polarizzazione si sia sviluppata in modo evidentemente asimmetrico, a un certo punto ha coinvolto anche il Partito democratico.

Alle elezioni presidenziali del 2016 la candidata del Partito democratico, Hillary Clinton, vinse con fatica le primarie contro un senatore anziano e semisconosciuto che si definiva socialista e che non era nemmeno iscritto al partito, Bernie Sanders, e alla convention estiva di Philadelphia presentò – essendo lei tutt'altro che un'estremista – quello che fu giudicato il programma politico più radicale per un candidato del Partito democratico dagli anni Settanta. Durante la campagna elettorale in vista delle presidenziali del 2020, i candidati alle primarie più apprezzati e popolari hanno portato avanti proposte che fino a pochissimo tempo fa avrebbero determinato la fine della propria carriera politica: un sistema sanitario universalistico finanziato dallo Stato con le tasse dei cittadini, sul modello europeo; il sequestro coatto delle armi da fuoco più pericolose; la gratuità dei college universitari; l'abolizione delle esenzioni fiscali sulle attività e fondazioni religiose; lo stanziamento di fondi da destinare a pioggia agli afroamericani a titolo di riparazione per i torti subiti durante la schiavitù.

Qui bisogna dire una cosa importante. Naturalmente le posizioni politiche moderate non sono meritorie in quanto tali, e nessuno sarebbe felice di votare un politico «moderato» sulla schiavitù o sulla libertà d'espressione: è giusto che i partiti e i politici indichino chiaramente che tipo di società hanno in mente, in che direzione vogliono andare, la famosa «visione», a prescindere dalla fattibilità immediata dei loro progetti concreti. Le cose diventano problematiche e pericolose quando – in un paese grande quanto l'Europa, con sei fusi orari e trecento milioni di abitanti di origini ed estrazioni straordinariamente variegate – entrambe le parti rifiutano l'idea che si debba tenere conto di questi molti interessi diversi e che il cambiamento possa avvenire solo in modo incrementale, spostandosi ogni volta un passo più in qua o più in là, e giudichino quindi ogni compromesso e ogni negoziato, anche quelli che vanno nella direzione da loro auspicata, troppo poco, mai abbastanza. Un tradimento.

La politica statunitense oggi è attraversata trasversalmente da pulsioni allo stesso tempo intolleranti e infantili, ma soprattutto inadatte al peculiare funzionamento delle loro istituzioni: che infatti, da anni, non funzionano più. D'altra parte, dopo che agli elettori è stato promesso cento, senza tener conto del fatto che raggiungere cento sarebbe stato impossibile, in quale altro modo si può giustificare l'aver ottenuto un trenta o un quaranta? Chi vuole andare in giro a decantare il merito di quel quaranta, sapendo che il giorno dopo qualcuno ne approfitterà per dare una spinta alla propria carriera dandogli del traditore e promettendo, in tutta risposta, duecento? E un elettorato le cui aspettative vengono sistematicamente e deliberatamente gonfiate e poi frustrate ogni due o quattro anni, e al quale dopo ogni fallimento i responsabili di turno vengono indicati come ipocriti e corrotti, a chi si rivolgerà la prossima volta?

VIII

Il bivio

È interessante e degno di nota il modo in cui in Occidente consideriamo la democrazia la miglior forma di governo possibile – o la peggiore eccetto tutte le altre sperimentate finora – mentre allo stesso tempo decliniamo e organizziamo quella stessa forma di governo in un milione di modi diversissimi tra loro, senza che nessuno in secoli di storia possa dire di averne trovato uno indubbiamente superiore a tutti gli altri. Accettare che sia desiderabile organizzare la società e le sue decisioni a partire dalla volontà popolare, infatti, di per sé non richiede di aderire necessariamente a nessun'altra tesi per quel che riguarda il modo in cui consultare quella stessa volontà popolare e sulla sua base costruire istituzioni e processi che funzionino: chi debba votare, quando e per cosa, come trasformare i voti in seggi, quanto debba essere grande un Parlamento e che poteri attribuirgli, che tipo di rapporto debba avere con il governo, dove e come vadano costruiti e distribuiti i famosi pesi e contrappesi. Ognuna di queste scelte può produrre risultati molto diversi, anche a fronte della medesima volontà popolare.

Oggi definiamo ugualmente democrazie paesi in cui votare è obbligatorio e altri in cui non lo è, nazioni in cui si può votare a 16 anni oppure a 18, a 21 o a 25, paesi che eleggono o no direttamente il proprio governo, che dividono o no il proprio territorio in collegi in uno degli infiniti modi in cui è possibile farlo, che trasformano i voti in seggi con un metodo proporzionale – con sbarramento? e quale? – o uno maggioritario o uno degli infiniti possibili sistemi misti, paesi che lo fanno ogni due, ogni quattro oppure ogni cinque anni, che condividono i poteri con le istituzioni locali oppure no. E di che poteri stiamo parlando? Da esercitare con quali limiti? E come regolare i referendum? Sul valore della democrazia siamo tutti d'accordo, ma su come debba funzionare una democrazia ognuno va per la sua strada – finché non ne sceglie un'altra, visto che anche nelle più antiche democrazie esistono ancora frequenti discussioni sulle regole del gioco, e loro frequenti cambiamenti.

Alla luce di tutto questo, c'è un'altra cosa interessante e degna di nota: negli Stati Uniti d'America le regole del gioco sono praticamente scolpite nella pietra. Qualcosa è cambiato ed è stato corretto nel corso del tempo – il Senato si elegge direttamente dal 1912, le donne possono votare dal 1920, per citare gli aggiustamenti maggiori – ma oggi il funzionamento delle istituzioni statunitensi non è così diverso da quello di un secolo fa: il presidenzialismo, il modo in cui si eleggono il Congresso e il presidente, l'obbligatorietà delle primarie, la logica maggioritaria dell'intero sistema, la forma e lo scopo della Corte suprema. Gli Stati Uniti hanno persino combattuto una guerra civile senza cambiare la propria forma di governo, senza un colpo di Stato, senza sospendere la Costituzione né il regolare svolgimento delle elezioni: e infatti ancora oggi le regole fondamentali su cui si reggono le istituzioni statunitensi sono largamente escluse dal dibattito politico nazionale, salvo qualche periodico tentativo velleitario e infruttuoso di metterle in discussione. D'altra parte questo sistema istituzionale ha prodotto un risultato grande e per nulla scontato –

la rapida trasformazione di una nazione in fasce nella più grande superpotenza mondiale – e per questo negli Stati Uniti esiste un'autentica venerazione verso i cosiddetti Padri fondatori, coloro che guidarono il paese verso l'autonomia dal Regno Unito e scrissero la Dichiarazione d'indipendenza e la Costituzione.

Oltre a essere ricordati per l'impresa non banale di fondare un paese e darsi una nuova patria pur trovandosi a migliaia di chilometri dal luogo di cui erano originari, i cosiddetti Padri fondatori degli Stati Uniti d'America sono noti anche per certe bizzarrie che li riguardano, e che fanno oscillare le loro vicende personali tra la storia e la leggenda. Thomas Jefferson, per esempio, aveva una prosa magnifica, tanto che scrisse materialmente una delle prime versioni della Dichiarazione d'indipendenza, ma era terribilmente inadeguato a parlare in pubblico; anche quando diventò presidente parlò pochissimo, e tutte le volte con risultati imbarazzanti. Il suo più grande rivale politico, John Adams, che veniva chiamato «sua rotondità» per via della corporatura abbondante, sosteneva che non gli avesse mai sentito dire più di tre frasi una dietro l'altra. Adams e Jefferson peraltro morirono lo stesso giorno e incredibilmente quel giorno fu il 4 luglio 1826, cioè il cinquantesimo anniversario dell'approvazione della Dichiarazione d'indipendenza che avevano contribuito a scrivere.

Un altro Padre fondatore, Alexander Hamilton, fu ucciso nel 1804 dall'allora vicepresidente degli Stati Uniti, Aaron Burr, che lo aveva sfidato a duello: altro che Frank Underwood. Andò peggio a Gouverneur Morris, che perse una gamba in un infortunio che si procurò saltando dalla finestra di casa di una sua amante, e morì a causa di un'infezione al tratto urinario che si causò cercando di usare come catetere un fanone di balena. Benjamin Rush, che era considerato molto progressista, sosteneva che i neri fossero semplicemente dei bianchi che si erano ammalati di lebbra, e che quindi potevano guarire. George Wythe fu ucciso da suo nipote, che lo avvelenò quando seppe che sarebbe stato estromesso dal suo testamento. George Washington perse presto tutti i denti: indossava protesi composte da denti umani, probabilmente di schiavi. Sulla vita pazzesca di Benjamin Franklin, poi, si potrebbe scrivere un libro intero.

Questi personaggi occupano un ruolo singolare nella politica statunitense contemporanea: vengono invocati collettivamente con grande solennità – i politici tirano in ballo i Padri fondatori spesso e volentieri, sostenendo che sarebbero o non sarebbero stati d'accordo con questo e con quello – ma le loro storie e scelte individuali sono quasi sconosciute, soprattutto quelle di chi non diventò mai presidente. E oggi che negli Stati Uniti sempre più esperti e analisti sostengono che sia necessaria una profonda revisione delle regole del gioco, uno dei principali ostacoli alla possibilità di riforma è proprio l'invenzione di uno tra i più sconosciuti dei Padri fondatori, Elbridge Gerry. Un uomo che lasciò sulle istituzioni un segno così profondo da dare il suo nome a una pratica che tuttora determina e condiziona in modo straordinariamente incisivo la democrazia statunitense.

Erede di una ricca famiglia di commercianti e laureato a Harvard, Gerry fu un noto e rumoroso oppositore dei coloni britannici; durante la Rivoluzione americana le sue navi portarono negli Stati Uniti tonnellate di armi e munizioni per gli indipendentisti. Era un abile diplomatico, ma aveva una personalità eccentrica e un carattere nervoso e irascibile. John Adams, che era un suo grande amico e alleato, diceva che «se tutti gli uomini fossero come lui, le libertà dell'America sarebbero al sicuro», ma anche che «la sua ostinazione lo porta a prendersi rischi enormi per piccoli benefici». Gerry diede un contributo importante alla fondazione degli Stati Uniti d'America – partecipò alla scrittura della Dichiarazione d'indipendenza e della Costituzione – e oggi sarebbe ricordato soprattutto per queste ragioni se nel 1810 non avesse deciso di interrompere il suo pensionamento per diventare governatore del Massachusetts. Gerry faceva parte dei democratici-repubblicani del presidente James Madison, il partito unionista dal quale discendono gli attuali partiti statunitensi al quale all'epoca si opponevano i federalisti, che volevano maggiore autonomia per i singoli Stati.

Quando le contestazioni dei federalisti contro il presidente Madison si fecero più intense, peraltro mentre il paese si preparava alla guerra contro il Regno Unito in un clima di grande preoccupazione e tensione, Gerry e i suoi decisero che era arrivato il momento delle maniere forti: bisognava evitare a tutti i costi che i federalisti prendessero il controllo del Congresso locale. Gerry allora promosse e firmò una legge che modificava il modo in cui erano disegnati i collegi del suo Stato, e spezzettava le aree in cui i federalisti erano più forti per includerle in collegi a netta maggioranza democratico-repubblicana. Pur di essere utili a questo scopo, i nuovi collegi avevano delle forme assurde, tutt'altro che razionali o intuitive: raggruppavano territori anche molto distanti e diversi tra loro, ed elettori con esigenze opposte. Ma la tattica funzionò. Alle successive elezioni locali il Partito federalista ottenne complessivamente più voti del Partito democratico-repubblicano, tanto che Gerry perse la rielezione a governatore, ma ottenne molti meno seggi al Congresso locale. Gerry ottenne un premio dal presidente Madison per la sua fedeltà – fu scelto come vicepresidente poco tempo dopo – ma il suo nome passò nella storia grazie all'intuizione del vignettista di un giornale di Boston, che per irridere la sua spregiudicatezza disegnò il più strambo tra i nuovi collegi del Massachusetts – stretto, curvo e lunghissimo – e ci aggiunse la testa, le zampe e la coda. Era una salamandra, anzi!, una gerry-mandra. Era nato ufficialmente il *gerrymandering*: la pratica di disegnare strumentalmente i confini dei collegi in modo da influenzare il risultato delle elezioni.

Siamo effettivamente abituati a pensare alle elezioni come a un processo retto da un principio tutto sommato piuttosto semplice: chi prende più voti vince. Sappiamo però che non esiste un sistema considerato unanimemente il migliore per trasformare i voti in seggi, e che leggi elettorali diverse possono produrre risultati diversi a partire dalla stessa distribuzione dei voti (oltre che condizionarla, la distribuzione dei voti: vedi tutte le note discussioni sul «voto utile»). Negli Stati Uniti la legge elettorale è considerata intoccabile, ma la controversa pratica del *gerrymandering* negli ultimi due secoli ha avuto comunque pesanti conseguenze sulla politica e la democrazia. I cinquanta Stati americani sono divisi in quattrocentotrentacinque collegi elettorali sulla base della loro popolazione, e ogni collegio elegge un membro della Camera dei rappresentanti. I deputati sono eletti ogni due anni col sistema maggioritario uninominale: vuol dire che ogni partito candida una sola persona in ogni collegio, e che l'elezione di quel collegio viene vinta dal candidato che ottiene più voti.

È un sistema che permette la costruzione di rapporti molto saldi tra la popolazione e i suoi parlamentari, ma al contrario di quanto avverrebbe con una distribuzione proporzionale, fa sì che in ogni collegio gli sconfitti restino completamente a mani vuote: che un partito venga battuto in un collegio con l'1 o il 49,9 per cento dei consensi, la sua rappresentanza sarà ugualmente zero. Questo implica la possibilità che in uno Stato un partito prenda complessivamente più voti dell'altro, ma ottenga meno seggi. Facciamo un esempio semplice e supponiamo che in uno Stato americano esistano solo tre collegi da 100.000 elettori l'uno. Supponiamo che nel primo collegio il candidato del Partito democratico ottenga 90.000 voti contro i 10.000 del candidato del Partito repubblicano, mentre nel secondo e nel terzo collegio i candidati del Partito repubblicano ottengano 55.000 voti contro i 45.000 dei candidati del Partito democratico. In questo scenario il Partito repubblicano avrebbe ottenuto la maggioranza dei seggi (due collegi su tre) pur avendo preso una quantità di voti nettamente minore (120.000 voti contro 180.000).

Questa distorsione è comune nei sistemi maggioritari, che per questo favoriscono i grandi schieramenti e la formazione di sistemi bipartitici, ma può essere facilmente sfruttata da chi è al potere attraverso il ridisegno strumentale dei confini dei collegi: attraverso il *gerrymandering*. Conoscendo la storia elettorale di ogni regione e i risultati dei sondaggi, infatti, è possibile capire dove è più forte un partito e dove è più forte l'altro, e quindi per esempio spacchettare il voto dei grandi centri urbani in modo che ogni porzione di città sia inglobata in collegi con una più ampia popolazione rurale. Oppure si può fare il contrario, ritagliando la forma dei collegi allo scopo di mettere sistematicamente in minoranza gli elettori delle campagne. Per evitare queste derive, nei paesi con sistemi storicamente maggioritari come Canada, Australia e Regno Unito esistono commissioni elettorali indipendenti incaricate del ritocco dei collegi, ma negli Stati Uniti questo potere è affidato ai singoli Congressi locali, uno per ogni Stato.

Da più di due secoli, quindi, entrambi i partiti americani approfittano delle finestre decennali in cui è possibile ridisegnare i collegi (in corrispondenza del censimento) per apportare delle correzioni allo scopo di avvantaggiarsi sui propri avversari negli Stati in cui governano. Le salamandre oggi non fanno più notizia, perché i collegi dalla forma bizzarra sono dappertutto: il quattordicesimo collegio del Michigan parte dal centro di Detroit per poi collegarsi alle zone suburbane orientali e salire a nord, come una grande esse; il trentatreesimo collegio del Texas mette insieme il centro di Fort Worth e la periferia di Dallas collegandoli solo con una sottile striscia di terra; il quarto del North Carolina sembra un ferro di cavallo mentre il terzo collegio del Maryland ha una forma così assurda da essere soprannominato «la girandola della morte»; il decimo dello Stato di New York mette insieme l'Upper West Side, Lower Manhattan fino al Financial District e poi, inspiegabilmente, due quartieri di Brooklyn. Per quanto intrapresi da entrambi i partiti per duecento anni, però, qualche anno fa questi sforzi hanno attraversato un notevole salto di qualità.

Nel 2008, quando Barack Obama fu eletto per la prima volta alla presidenza degli Stati Uniti, il Partito repubblicano temette di essere vicino a un ridimensionamento storico. Per l'ennesima volta i democratici avevano vinto nel voto popolare – era successo nel 1992, nel 1996 e anche nel 2000, quando Al Gore prese più voti di George W. Bush; sarebbe successo di nuovo nel 2016, quando Hillary Clinton prese più voti di Donald Trump – e per giunta avevano allargato molto le loro maggioranze alla Camera e al Senato. L'analisi più diffusa tra esperti e politologi ammoniva già sui rischi che sarebbero poi stati messi per iscritto dalla cosiddetta «autopsia» dopo la sconfitta di Mitt Romney nel 2012, di cui abbiamo già parlato: se il Partito repubblicano fosse rimasto solo e soltanto il partito dei bianchi e delle zone rurali, non avrebbe avuto un futuro.

Davanti alla prospettiva di una sanguinosa e probabilmente decennale fase di transizione, gli strateghi repubblicani ebbero un'idea migliore, almeno per quanto riguarda la Camera. Dato che le successive elezioni di metà mandato si sarebbero tenute nel 2010, anno di censimento, chi avesse ottenuto la maggioranza nei Congressi locali dei singoli Stati avrebbe avuto l'opportunità di ridisegnare i collegi. Fu messa in piedi quindi un'organizzazione dal nome REDMAP (da Redistricting Majority Project) con l'obiettivo di individuare i candidati democratici più vulnerabili nei Congressi locali e investire sui loro avversari una quantità di soldi mai vista per elezioni così piccole, in modo da rimpiazzarli con altrettanti repubblicani.

Prendiamo la Pennsylvania. All'inizio del 2010 al Congresso locale della Pennsylvania i democratici avevano la maggioranza per un solo seggio. Il progetto REDMAP individuò David Levdansky, un pacioso sindacalista che veniva rieletto ogni volta dal 1984, ed era stimato dagli operai delle acciaierie della zona. In un contesto così ristretto e locale – i votanti sono di solito ventimila – le campagne elettorali sono soprattutto un esercizio di disponibilità, socialità e pubbliche relazioni: un paio di incontri in una caffetteria, qualche assemblea di lavoratori, le chiacchierate fuori dalla chiesa, il barbecue nel weekend e molte telefonate e strette di mano. Il progetto REDMAP portò in quella minuscola elezione locale le tattiche e i soldi impiegati di solito in contesti ben più pesanti e prestigiosi.

Per tutta la campagna elettorale le buche delle lettere dei residenti furono riempite di volantini contro Levdansky che riportavano accuse tanto gravi quanto fumose, rese ancora più incisive e infamanti dalla crisi economica in corso, la peggiore dai tempi della Grande depressione. I volantini tra le altre cose accusavano Levdansky di aver provocato «un aumento delle tasse da un miliardo di dollari» e di aver sperperato 600 milioni di dollari di soldi pubblici «per costruire una biblioteca intitolata ad Arlen Specter», un anziano e screditato senatore che era appena passato dal Partito repubblicano al Partito democratico (era falso: Levdansky aveva votato a favore dello stanziamento di 2 milioni di dollari, non 600, per costruire una nuova biblioteca dentro l'università). Ai volantini si accompagnò un gran numero di spot negativi trasmessi dalle tv locali. «Dissero di me cose così terribili che non mi sarei votato nemmeno io» commentò poi Levdansky, che perse il suo seggio per un centinaio di voti.

I repubblicani ottennero la maggioranza al Congresso

della Pennsylvania e misero finalmente le mani sui collegi per la Camera dei rappresentanti: raggrupparono le zone più favorevoli ai democratici in appena cinque collegi, ritagliandole con gran cura, sapendo che questo avrebbe lasciato loro il resto dello Stato. Risultato: alle successive elezioni per il rinnovo della Camera, nel 2012, i candidati dei democratici in Pennsylvania ottennero il 50,2 per cento dei voti, ma solo il 28 per cento dei seggi: cinque, quei cinque, su diciotto complessivi. Lo stesso era avvenuto in Wisconsin, in Michigan, in Maryland, in Florida e in moltissimi altri Stati americani, perché il *gerrymandering* dei repubblicani non era più quello grossolano del governatore Elbridge Gerry: grazie a software appositamente realizzati e a una grandissima disponibilità di dati storici, elettorali, demografici e demoscopici il ridisegno dei collegi per avvantaggiarsi sui propri avversari è diventato un'operazione pressoché infallibile. Negli Stati del Sud, in qualche caso i repubblicani trovarono degli improbabili alleati nei leader della comunità afroamericana, che vedevano con favore il raggruppamento in pochi collegi di tutti gli elettori neri, visto che questo avrebbe allargato la delegazione afroamericana al Congresso.

Alle elezioni per il rinnovo della Camera del 2012, le prime dopo l'esecuzione del progetto REDMAP, i candidati del Partito democratico ottennero complessivamente un milione e mezzo di voti in più dei candidati del Partito repubblicano, ma portarono a casa solo 201 seggi contro i 234 dei loro avversari. Per ottenere più o meno quel numero di seggi, 235, alle elezioni di metà mandato del 2018 i democratici dovettero prendere ben dieci milioni di voti in più dei loro avversari.

Vi starete chiedendo se non esistano delle leggi che impediscano l'attuazione di strategie del genere. La risposta è no. La Corte suprema ha dichiarato più volte che non esiste un solo modo giusto di tracciare i confini dei collegi, e quindi lasciare questa decisione ai politici locali eletti democraticamente è il miglior compromesso possibile. La legge sui diritti civili approvata negli anni Sessanta introdusse alcuni limiti e divieti soltanto per quegli Stati meridionali in cui era più forte l'eredità del segregazionismo, e solo per quelle modifiche che un tribunale riconoscesse come dettate dalla volontà di discriminare gli elettori appartenenti a una minoranza etnica. Anche queste poche e limitate norme, comunque, oggi non sono più in vigore: la Corte suprema le ha abrogate nel 2013 – con i cinque giudici conservatori a favore, e i quattro giudici progressisti contrari – sostenendo che negli ultimi quarant'anni il paese fosse cambiato, e quei vincoli costituissero «un inconcepibile fardello sui principi costituzionali del federalismo e dell'uguale sovranità degli Stati».

L'uomo che difese le norme antidiscriminazione davanti alla Corte suprema si chiama Eric Holder, e all'epoca era il procuratore generale dell'amministrazione Obama: dal 2017 dirige il National Democratic Redistricting Committee, un'organizzazione che ha lo scopo di contrastare il *gerrymandering* in vista del nuovo censimento del 2020, che riaprirà la possibilità di ridisegnare i collegi. Ma le conseguenze del *gerrymandering* non riguardano soltanto le possibili discriminazioni e la distorsione della volontà popolare. È piuttosto evidente che la forte radicalizzazione degli elettori sia alimentata anche da questo genere di operazioni, dal momento che il *gerrymandering* ha lo scopo di creare collegi molto omogenei dal punto di vista demografico e politico, e in cui il vincitore di ogni elezione sia facilmente prevedibile. Se gli elettori di un certo partito vengono raggruppati in massa in un solo collegio – per rafforzarlo lì o per indebolirlo altrove – le elezioni di fatto non sono più contendibili, se non all'interno di quello stesso partito: la purezza ideologica diventa quindi più importante della capacità di persuadere gli elettori del partito avversario, l'intransigenza viene premiata e le uniche insidie dalle quali i candidati devono davvero proteggersi possono venire dal loro stesso partito.

Anche per questo motivo da almeno dieci anni moltissimi deputati statunitensi vivono i loro biennali tentativi di ottenere la rielezione con una e una sola preoccupazione: non la sconfitta al voto di novembre, bensì che qualcuno possa sfidarli alle primarie e incalzarli da destra se sono repubblicani, e da sinistra se sono democratici. Quello che la famosa Alexandria Ocasio-Cortez ha fatto con Joe Crowley a New York nel 2016, per capirci. Per evitare questo rischio, i deputati non hanno altra scelta – specialmente con la bellicosa aria che tira – che fare tutto il possibile per evitare di essere etichettati come persone corrette con gli avversari e pronte a trovare con loro dei compromessi, contribuendo ad alimentare la fiammeggiante retorica politica di cui abbiamo parlato nello scorso capitolo.

Se alla Camera la volontà popolare viene distorta dal *gerrymandering*, al Senato le cose non vanno meglio. I senatori statunitensi sono cento: due per ognuno dei cinquanta Stati americani, a prescindere dalle loro dimensioni e dalla loro popolazione. I due senatori espressi dalla California (quaranta milioni di abitanti) pesano quindi quanto i due senatori del Wyoming (cinquecentomila abitanti); i due senatori del Texas (700.000 chilometri quadrati) pesano esattamente quanto i due senatori del Rhode Island (4000 chilometri quadrati). Nell'idea dei Padri fondatori, questa struttura particolare era fondamentale: doveva garantire l'unione federale tra Stati così lontani e diversi, evitando che i più grandi finissero per dettare legge sui più piccoli. Gli Stati più popolosi avrebbero comunque fatto la parte del leone nell'elezione della Camera e in quella del presidente, ed era giusto che fosse così, ma almeno in un ramo del Congresso tutti avrebbero avuto lo stesso peso: così l'unione sarebbe rimasta tale.

Questo sensato proposito ha avuto a lungo ottime conseguenze sull'attività legislativa statunitense, ma ora la sua applicazione si è ingolfata. Con le grandi città che aumentano anno dopo anno la loro popolazione, e le zone rurali che invece la vedono diminuire, secondo le stime più affidabili e caute di questo passo entro il 2040 il 70 per cento degli elettori statunitensi vivrà in appena quindici Stati, esprimendo così appena trenta senatori su cento. Il restante 30 per cento degli elettori statunitensi esprimerà invece il 70 per cento dei senatori. Uno squilibrio notevole che supera moltissimo quello che i Padri fondatori avevano deciso di accettare, aggravato dalla sostanziale omogeneità dei due segmenti di popolazione: il 30 per cento dell'America rurale che eleggerà il 70 per cento del Senato sarà sensibilmente più anziano, più bianco e più rurale della media del paese.

Le conseguenze di questo sbilanciamento saranno significative, perché il Senato ha gli stessi poteri legislativi della Camera ma molto più peso e prestigio: il Senato è il posto in cui si fa sul serio. È l'organo chiamato a ratificare i trattati internazionali e confermare le nomine governative e giudiziarie, comprese quelle alla Corte suprema. È presieduto dal vicepresidente degli Stati Uniti. La durata del mandato dei suoi membri – sei anni, contro i due dei deputati – li rende più liberi di prendere occasionalmente decisioni impopolari. Inoltre, l'impossibilità di applicare al Senato il *gerrymandering* – i collegi sono gli Stati, punto – ha evitato di riprodurre lo stesso livello di polarizzazione della Camera: i senatori sono sempre più moderati dei deputati, in entrambi i partiti. Il più grande incentivo al lavoro pragmatico e bipartisan al Senato è però quello che si sta incrinando, nonché quello che esiste in primo luogo a causa dell'errore ingenuo di un altro Padre fondatore.

Al momento della sua fondazione, infatti, il regolamento del Senato prevedeva la possibilità di sottoporre al parere dell'aula l'interruzione della discussione su un determinato provvedimento per passare al voto – la cosiddetta «ghigliottina» o «tagliola» – così da evitare una classica manovra di ostruzionismo, cioè che un gruppo di parlamentari potesse pronunciare un intervento dopo l'altro e posticipare all'infinito il voto. Soltanto pochi anni dopo però, nel 1805, l'allora vicepresidente Aaron Burr – proprio lui, quello che uccise Hamilton sfidandolo a duello – pensò che questa norma fosse superflua, essendo stata utilizzata solo una volta nei quattro anni precedenti, e la eliminò. Nel corso dei decenni successivi i senatori di minoranza iniziarono a scoprire la possibilità di prolungare i dibattiti all'infinito, e l'utilizzo della pratica si intensificò soprattutto dal dopoguerra in poi: durante la discussione della legge sui diritti civili, per esempio, una delegazione di democratici del Sud si rimbalzò un intervento dopo l'altro per settantacinque ore, compreso un discorso del senatore Robert Byrd che durò quattordici ore consecutive.

Una nuova regola introdotta tardivamente e ancora valida consente di concludere una discussione al Senato soltanto con il voto di sessanta senatori su cento, e quella oggi è la vera soglia di maggioranza al Senato: non bisogna più nemmeno fare ostruzionismo, e parlare per mezza giornata. Basta minacciarlo. Anche se i seggi sono cento, e quindi basterebbero in teoria cinquantuno voti per approvare una legge o una nomina, oggi la minaccia dell'ostruzionismo è diventata sistematica: nell'epoca che ha maledetto i compromessi, i compromessi sono diventati necessari e allo stesso tempo impossibili.

È un sistema che ha i suoi difensori: il partito all'opposizione, quale che sia in un dato momento, trova sempre molto utile questo strumento, e alcuni costituzionalisti sostengono che sia sano obbligare i partiti a parlarsi e mettersi d'accordo. Finché hanno voglia di farlo, però. Nella dialettica politica odierna, affondare una legge del partito al potere è sempre molto più allettante di approvarne una di compromesso, magari concedendo così agli avversari anche una vittoria politica. E davanti alla totale indisponibilità nell'arrivare a un compromesso anche di una sola delle due parti, il risultato è l'immobilismo.

L'agenda legislativa dell'amministrazione Obama si era praticamente fermata già nel 2010, quando i democratici persero la loro larga maggioranza al Senato, mentre Donald Trump ha fallito per tre volte la riforma della sanità ed è riuscito a far passare tra molte fatiche solo la riforma fiscale, che in quanto materia economica prevede una procedura speciale che aggira l'ostruzionismo. Tra il 2010 e il 2013 gli incarichi di decine e decine di giudici federali restarono vacanti per la decisione dei repubblicani al Senato di non prendere in considerazione le persone scelte da Obama; la situazione si sbloccò solo quando il capo della maggioranza al Senato, il democratico Harry Reid, attivò la cosiddetta «opzione nucleare», modificando i regolamenti parlamentari così da richiedere un voto a maggioranza semplice per la ratifica delle nomine dei giudici federali. Nel 2016 la questione si pose per la nomina di un giudice della Corte suprema, dal momento che i repubblicani si rifiutarono anche soltanto di ascoltare Merrick Garland, il moderatissimo giudice scelto da Barack Obama, e il seggio del defunto Antonin Scalia restò vacante. Un anno dopo, nel 2017, i ruoli si invertirono: i democratici ancora infuriati per il trattamento subito si rifiutarono di prendere in considerazione la nomina del giudice Neil Gorsuch, scelto da Donald Trump, e il nuovo capo della maggioranza al Senato, il repubblicano Mitch McConnell, attivò l'«opzione nucleare» anche per i giudici della Corte suprema. L'asticella dei sessanta voti resta ancora in piedi per la normale attività legislativa, ma non è chiaro per quanto.

La debolezza attuale della politica statunitense, con tutte le sue dolorose conseguenze, è aggravata da altri due fenomeni.

Il primo è rappresentato dagli ostacoli posti alla partecipazione degli elettori. Al contrario di quanto avviene in gran parte dei paesi europei, infatti, negli Stati Uniti i cittadini non sono aggiunti automaticamente alle liste elettorali una volta maturato il diritto di voto: devono decidere di farlo, con una procedura che cambia da Stato a Stato. In diversi Stati americani – soprattutto quelli meridionali, ma non solo – la procedura di iscrizione alle liste elettorali è stata costruita e ritoccata nel tempo allo scopo di tenere lontane dalle urne alcune ben determinate categorie di elettori, soprattutto i più poveri e i non bianchi. Questa storia comincia da lontano – praticamente dal momento in cui il diritto di voto fu esteso anche agli afroamericani – ed è una storia di pretesti: nell'impossibilità di impedire apertamente ai neri di partecipare alla democrazia, in molti Stati sono state introdotte restrizioni apparentemente generiche ma dall'applicazione piuttosto puntuale. Test di alfabetizzazione. Tasse e balzelli da pagare per sbloccare pratiche burocratiche infinite. Cancellazioni dalle liste elettorali per banali casi di omonimia o per mancate registrazioni di cambi di residenza. Oppure il più subdolo di tutti: l'obbligo di presentare un documento di identità ai seggi.

Sebbene in Europa siamo abituati a portare sempre con noi un documento che attesti chi siamo, negli Stati Uniti non esiste nemmeno un documento equivalente alla nostra carta d'identità: si vota semplicemente recandosi al proprio seggio e dichiarando le proprie generalità, che vengono poi cercate nella lista degli elettori registrati. D'altra parte le indagini e gli studi sull'eventualità che qualcuno voti due volte hanno dato nel corso degli anni risultati coerenti e rassicuranti: ci sono stati dieci casi su un miliardo di voti espressi dal 2000 al 2016. È più probabile che una persona venga colpita in testa da un fulmine che decida di votare due volte. A cosa serve dunque richiedere l'obbligo di un documento per andare a votare? Per scoraggiare chi non ha un documento, visto che la maggioranza degli americani non possiede un passaporto, o chi non ha il tempo o i soldi per procurarsene uno: è stato dimostrato che leggi del genere allontanano dal voto soprattutto i più poveri e i non bianchi. E poi, che documento? Il Texas, per esempio, nel 2011 ha deciso che i tesserini militari e il porto d'armi sono documenti validi per votare, mentre i tesserini universitari e quelli dei dipendenti pubblici no. Un giudice federale stabilì che la legge era stata introdotta con l'intenzione di discriminare le minoranze etniche. Ma ci sono anche manovre più sfacciatamente scorrette: negli anni ci sono stati candidati che hanno diffuso deliberatamente informazioni errate sul giorno e l'orario in cui votare agli elettori del partito avversario, per esempio, oppure hanno sparso la voce che ai seggi le forze dell'ordine avrebbero controllato lo status legale di tutte le famiglie di origine latinoamericana.

Il secondo fenomeno è il peso del denaro, ma quando si parla di soldi e politica negli Stati Uniti molti osservatori guardano dalla parte sbagliata. È vero che le campagne elettorali americane richiedono una quantità di denaro incomparabile a quella di qualsiasi altro paese occidentale: sommando i soldi investiti da candidati e comitati elettorali nel 2016 – quando si votava per la presidenza e per il rinnovo del Congresso – si arriva alla cifra incredibile di 6,8 miliardi di dollari. Miliardi. Nonostante questo, però, è un altro luogo comune quello secondo cui negli Stati Uniti sia sempre il candidato con più soldi a vincere le elezioni presidenziali: se fosse così, per esempio, sarebbe stato Jeb Bush a vincere le primarie del Partito repubblicano del 2016 e Hillary Clinton sarebbe la prima donna presidente degli Stati Uniti. I soldi contano, ci mancherebbe: ma contano meno di altre cose.

Grazie all'abitudine degli americani a donare grandi e piccole cifre per le cause in cui credono, se hanno buone idee, entusiasmo e carisma anche candidati squattrinatissimi possono trovare rapidamente una base di sostenitori ampia abbastanza da farli competere con i meglio attrezzati, come accadde a Barack Obama nel 2008 e a Bernie Sanders nel 2016; oppure possono sfruttare la loro notorietà e l'efficacia mediatica dei loro argomenti per colmare il divario economico con i loro avversari, come fece Donald Trump nel 2016 in una campagna elettorale finanziata con le noccioline.

Da che parte bisognerebbe guardare allora? Dalla parte del Congresso. Se nelle elezioni presidenziali la durata della contesa, la sua importanza e il numero esiguo di candidati che possono effettivamente vincere – due, il minimo – finisce per attutire squilibri, distorsioni e condizionamenti (che comunque ci sono), è nelle campagne elettorali per eleggere deputati e senatori che il peso di un grande vantaggio economico può fare la differenza. Le attività di lobbying negli Stati Uniti hanno sempre avuto grande rilevanza, ma anche in questo caso una recente novità ha peggiorato la situazione.

Una contestatissima sentenza della Corte suprema emessa nel 2010 – la cosiddetta «Citizens United», dal nome dell'organizzazione che presentò il primo ricorso – ha stabilito che i finanziamenti diretti a comitati e organizzazioni politiche sono un modo di esprimere la propria opinione, e quindi dovrebbero essere tutelati come tali e liberati da vincoli e paletti; e ha aggiunto che lo stesso principio vale per le aziende, che in questo senso godono dello stesso diritto dei cittadini a esprimere le proprie opinioni attraverso i finanziamenti alla politica. Sebbene per chi è direttamente candidato le regole sui soldi non siano cambiate – non si possono ricevere più di 2500 dollari da ogni elettore – la sentenza «Citizens United» ha permesso la nascita di speciali comitati politici, detti «Super PAC», che hanno la facoltà di raccogliere donazioni senza alcun limite da cittadini, aziende, sindacati e associazioni allo scopo di avanzare una qualche agenda politica, peraltro senza l'obbligo di pubblicare i nomi dei propri finanziatori (quindi teoricamente anche dall'estero, cosa che sarebbe illegale: ma non c'è modo di scoprirlo, se non imbattendosi nelle prove indagando altrove). I «Super PAC» sono sottoposti a un unico inutile vincolo: non possono coordinare le proprie attività con i comitati gestiti direttamente dai candidati. Ma «coordinarsi» è un concetto vago e difficile da provare in tribunale, e quando c'è un'elezione in ballo è persino superfluo: l'obiettivo finale è chiaro a tutti.

In un contesto del genere, non stupisce che gli Stati Uniti abbiano uno dei tassi di partecipazione al voto più bassi tra i paesi occidentali: bisogna tornare agli anni Sessanta per trovare un'elezione presidenziale in cui l'affluenza abbia superato il 60 per cento, mentre alle elezioni di metà mandato raramente supera il 40 per cento e nelle altre – governatori, sindaci, Congressi locali, referendum – finisce ancora sotto. La scarsa partecipazione al voto non è necessariamente un indicatore di apatia e disinteresse nei confronti della collettività. Non esistono popoli più generosi degli americani, quando si parla di filantropia e volontariato: dal 2000 a oggi ogni anno almeno l'80 per cento degli americani ha fatto volontariato (in Italia siamo al 12 per cento), mentre almeno il 60 per cento ha donato del denaro in beneficenza. Attorno alla politica orbitano i migliori centri studi del mondo. Ed esiste una quantità sterminata di associazioni e comitati che organizzano con professionalità campagne tematiche e gruppi di pressione, che mobilitano famiglie e attivisti, che innescano proteste durature ed efficaci.

A fronte di tutto questo, il logoramento della capacità della politica di prendere decisioni nell'interesse dei cittadini ha avuto un duplice esito sciagurato: da una parte ha lasciato incancrenirsi molti dei gravi problemi che oggi hanno gli Stati Uniti, e di cui abbiamo parlato in queste pagine; dall'altra ha alimentato una frustrazione, un disincanto e una sfiducia nelle istituzioni e nelle autorità che ha reso ancora più complicata la risoluzione di quei problemi, e che forse a questo punto avrà reso un po' meno inspiegabile la vittoria di un personaggio anomalo come Donald Trump alle elezioni presidenziali del 2016.

L'intero sistema democratico statunitense sta attraversando una crisi profonda, e non perché l'immutabilità del sistema geniale teorizzato dai Padri fondatori abbia smesso di funzionare, ma perché di fronte all'immutabilità del sistema, la politica lo ha corroso trovando scorciatoie, espedienti e furbizie, e decidendo spesso e volentieri che valeva la pena deteriorare le istituzioni democratiche nel lungo periodo pur di ottenere un qualche vantaggio nel breve periodo. Una manovra cinica alla quale tutti hanno contribuito, ma che sarebbe ipocrita attribuire allo stesso modo a entrambi i partiti mascherandosi dietro un'infondata equanimità: al contrario, è proprio il dovere di osservare la realtà con obiettività che impone di notare come la spregiudicatezza mostrata dal Partito repubblicano negli ultimi vent'anni non abbia precedenti.

Da qualche anno si comincia a intravedere una maggiore sensibilità verso i problemi strutturali della politica statunitense, ma è ancora troppo poco, e soprattutto la strada verso ogni potenziale cambiamento sembra minata dalle stesse ragioni che lo rendono necessario: l'intero sistema istituzionale statunitense è diventato così disfunzionale che avrebbe bisogno di essere riformato, ma non c'è modo di portare a termine nessuna riforma – figuriamoci una così ambiziosa – in un sistema così disfunzionale. La quasi totalità degli attuali problemi degli Stati Uniti si può far risalire al deterioramento delle loro istituzioni e del loro funzionamento: dal modo in cui la deregulation economica ha prodotto piaghe epocali come quella legata all'abuso di farmaci antidolorifici alla straordinaria iniquità delle imposizioni fiscali, dalla progressiva radicalizzazione dell'elettorato all'incapacità di risolvere crisi che non trovano paragoni in nessun altro paese sviluppato, come la violenza causata dalle armi da fuoco e la crudele inefficienza del sistema sanitario.

A questo punto, è legittimo chiedersi: quindi? Quello che oggi appare essere un deragliamento del progetto statunitense originario a un certo punto smetterà di sembrarlo, e diventerà semplicemente una nuova traiettoria, una nuova realtà? La nuova normalità? Se è vero che quello statunitense non è semplicemente un declino, visto che le imprese statunitensi non vendono meno prodotti di prima, che i prodotti culturali statunitensi non sono meno influenti di prima, che gli scienziati statunitensi non sono meno intelligenti e attrezzati di prima e che la popolazione non è più anziana e meno dinamica di prima, è necessario chiedersi se questa che stanno attraversando sia effettivamente una crisi, un tradimento, un'eclissi, o se non sia banalmente una trasformazione destinata a durare. Una normalizzazione, appunto, del paese fin qui meno normale di tutti. Il doloroso ma inesorabile smarrimento di un paese speciale che diventa ogni giorno più simile agli altri, per quanto prospero e ricco, e comincia a misurare i propri errori con l'asticella più bassa, paragonandosi ai migliori e non ai peggiori.

Gli Stati Uniti sono la prima nazione nel mondo fondata con uno scopo preciso, disse il presidente Lyndon Johnson nel 1965: realizzare per ogni americano il diritto alla vita, alla libertà e alla ricerca della felicità, permettendo allo stesso tempo a chiunque nel mondo di poter andare negli Stati Uniti e diventare americano. *A beacon of hope*, dicono loro: un faro di speranza. È chiaro che quell'obiettivo non è mai stato raggiunto né mai lo sarà, e il cammino di questi due secoli e mezzo ha conosciuto inciampi notevoli, ma nonostante questo è stato una bussola: ha spinto il paese nella ricerca di un'eccezionalità che andasse oltre il semplice perpetuarsi del dominio economico, culturale e militare statunitense sul resto del pianeta, e coinvolgesse invece lo spirito, i valori e la natura profonda di questo esperimento. La crisi che oggi gli Stati Uniti attraversano è innanzitutto una crisi di identità, che li mette davanti a un bivio di proporzioni storiche: e non è la prima volta che sono costretti a porsi una domanda esistenziale così rara e profonda.

Nella seconda metà dell'Ottocento gli Stati Uniti erano sfiancati da anni di fortissime tensioni e provocazioni reciproche tra gli Stati del Nord e quelli del Sud. La schiavitù era evidentemente la questione più grande e importante, ma era esemplare di tutte le altre, dalle tasse alle scuole: il vero punto di discordia era quanta autonomia dovessero avere gli Stati dell'Unione. Per farla semplice, gli Stati del Sud volevano essere il più autonomi possibile dal Congresso e dalla Casa Bianca, per questo si chiamavano confederati; gli Stati del Nord volevano salvaguardare il predominio del governo federale su quelli statali, e volevano che alcune leggi valessero per tutti: per questo si chiamavano unionisti. Gli Stati del Sud non volevano privarsi della schiavitù ma soprattutto non volevano che fosse qualcuno a Washington a stabilire cosa dovessero fare; quelli del Nord amavano l'idea della secessione ancora meno di quanto amassero la schiavitù, che avevano abolito tra la fine del Settecento e l'inizio dell'Ottocento, convinti che avrebbe provocato una catastrofe economica.

Per quanto non potesse certo definirsi in declino, il paese era lacerato e diviso. Quando nel 1860 fu eletto alla presidenza Abraham Lincoln, le agitazioni aumentarono. Lincoln era un moderato repubblicano – il partito unionista fondato proprio da un gruppo di attivisti contro la schiavitù – ma diceva che non voleva costringere nessuno a liberare i propri schiavi. Nonostante questo, gli Stati del Sud conoscevano le sue idee, sapevano che era stato eletto quasi soltanto con i voti del Nord e sapevano che per loro la strada stava diventando sempre più stretta: restare negli Stati Uniti avrebbe comportato presto o tardi la rinuncia alla propria autonomia e ai propri schiavi. Era solo questione di tempo. Subito dopo l'insediamento di Lincoln alla Casa Bianca, quindi, sette Stati del Sud dichiararono la secessione; poi diventarono undici, e cominciò la guerra civile. Mentre i sudisti combattevano dichiaratamente per preservare la schiavitù e la loro autonomia, i nordisti dicevano – almeno ufficialmente – di combattere esclusivamente per evitare la secessione. Lo stesso Lincoln disse più volte che quella era la priorità, non la schiavitù: salvare l'Unione. Del resto si sarebbe parlato dopo.

La battaglia decisiva della Guerra di secessione si combatté nel 1863, due anni e mezzo dopo il suo inizio, a Gettysburg, una piccola città della Pennsylvania. Al termine di tre giorni di carneficina, in cui morirono ottomila persone e oltre trentamila furono ferite, vinse l'esercito del Nord. La guerra sarebbe proseguita ancora, ma da quel momento gli equilibri cambiarono completamente: dopo Gettysburg il Sud non riuscì più ad attaccare il Nord. Era chiaro chi avrebbe vinto: la guerra poteva finire subito, salvando l'Unione. I consiglieri di Lincoln gli suggerirono di approfittare di quell'occasione e di quella posizione di forza, andare dagli Stati del Sud e proporre loro un accordo: arrendersi e trattare. Lincoln non si fece convincere, e prese la decisione per cui ancora oggi è ricordato come uno dei più grandi presidenti della storia degli Stati Uniti, se non il più grande. Spostò l'obiettivo della guerra. Non gli interessava salvare un paese normale, quindi alzò l'asticella. Lo fece con uno dei discorsi politici più importanti e famosi di tutti i tempi, che andò a pronunciare proprio a Gettysburg quattro mesi e mezzo dopo la battaglia.

> Or sono sedici lustri e sette anni che i nostri avi costruirono su questo continente una nuova nazione, concepita nella libertà e votata al principio che tutti gli uomini sono stati creati uguali. Oggi siamo impegnati in una grande guerra

civile, la quale proverà se quella nazione, o ogni altra nazione così concepita e così votata, possa perdurare a lungo. Oggi siamo raccolti su un grande campo di battaglia di quella guerra. Siamo venuti a destinare una parte di quel campo a luogo di ultimo riposo per coloro che qui dettero la loro vita, perché quella nazione potesse vivere. È del tutto giusto e appropriato. Ma, in un senso più ampio, noi non possiamo inaugurare, non possiamo consacrare, non possiamo santificare questo suolo. Lo hanno consacrato, ben al di là del nostro piccolo potere di aggiungere o portar via alcunché, gli uomini coraggiosi, vivi e morti, che qui combatterono. Il mondo noterà appena, né a lungo ricorderà, ciò che qui diciamo, ma mai potrà dimenticare ciò che essi qui fecero. Sta a noi viventi, piuttosto, il votarci qui al lavoro incompiuto, finora così nobilmente portato avanti da coloro che qui combatterono. Sta piuttosto a noi il votarci qui al grande compito che ci è dinnanzi: che da questi morti onorati ci venga un'accresciuta devozione a quella causa per la quale essi diedero, della devozione, l'ultima piena misura; che noi qui solennemente si prometta che questi morti non sono morti invano; che questa nazione, guidata da Dio, abbia una rinascita di libertà; e che l'idea di un governo del popolo, dal popolo, per il popolo, non abbia a perire dalla terra.[1]

I «sedici lustri e sette anni» con cui cominciò il brevissimo e seminale discorso di Gettysburg, e con cui Lincoln fece coincidere la nascita degli Stati Uniti, sono ottantasette anni: Lincoln fece riferimento alla Dichiarazione d'indipendenza del 1776 e non alla Costituzione, entrata in vigore nel 1789. Non è una cosa scontata, specie dal momento che Lincoln guidava gli unionisti: il testo che ratificava l'Unione tra gli Stati americani non era la Dichiarazione d'indipendenza bensì la Costituzione, la legge suprema del paese. Era la Dichiarazione d'indipendenza, però, che all'epoca rendeva gli Stati Uniti un paese davvero diverso da tutti gli altri, che li rendeva «una nuova nazione, concepita nella libertà e votata al principio che tutti gli uomini sono stati creati uguali», che era stata d'ispirazione ai francesi e agli ungheresi, ai messicani e agli argentini.

Lincoln decise a Gettysburg che quello era il vero atto fondativo degli Stati Uniti, quello che inizia dicendo che «*all men are created equal*», e non la carta che garantisce e regola il diritto all'autonomia dei singoli Stati. Pur di essere chiaro, Lincoln lo ripeté: a questo serve la guerra che stiamo combattendo. Non a risolvere una disputa sulla nostra forma di governo. Vincere la guerra per sederci e trattare sull'uguaglianza degli esseri umani salverebbe l'Unione, ma farebbe diventare normale un paese speciale. Invece no, e non era questione di nascondersi dietro un pugno di belle parole: la guerra sarebbe durata per tutto il tempo necessario, perché doveva servire a capire «se quella nazione, o ogni altra nazione così concepita e così votata, possa perdurare a lungo». Nell'omaggiare le persone che avevano combattuto a Gettysburg in quella battaglia, Lincoln affermò che non erano morte per dirimere una questione burocratica o costituzionale, e che il modo migliore per onorarle sarebbe stato rifondare gli Stati Uniti su «una rinascita di libertà». Con la sensibilità e la cultura di allora, è incredibile quello che Lincoln ebbe il coraggio di fare: l'obiettivo non era più soltanto vincere la guerra o evitare la secessione, bensì rifondare gli Stati Uniti sulla base di premesse nuove e allo stesso tempo antiche, fedeli all'ambizione universalistica della Dichiarazione d'indipendenza. Salvare l'Unione senza cancellare la schiavitù sarebbe stata una sconfitta e non una vittoria. La guerra si sarebbe combattuta fino alla resa incondizionata degli schiavisti.

A gennaio del 1865 Lincoln avviò le pratiche per approvare un emendamento costituzionale che abolisse definitivamente la schiavitù in tutti gli Stati Uniti. Tre mesi dopo i secessionisti si arresero, e la guerra finì ufficialmente; Lincoln fu ucciso appena sei giorni dopo, il 15 aprile 1865. *All men are created equal* era diventato per tutti l'obiettivo verso il quale guardare, lo scopo finale di ogni fatica, il tipo di paese a cui ambire. I problemi da risolvere restavano, ovviamente, ma la strada era stata segnata.

L'America era rimasta un paese speciale.

Note

I. *La piaga*

[1] Christopher Tedeschi, *The news industry was complicit in the opioid crisis*, in «Columbia Journalism Review», 27 agosto 2019 (https://www.cjr.org/opinion/opioids-news-prescription-doctor.php).

[2] Department of Justice, Office of Public Affairs, *South Florida Pill Mill Owner Sentenced to Prison for Role in $2.2 Million Medicare Fraud Scheme*, 13 giugno 2019 (https://www.justice.gov/opa/pr/south-florida-pill-mill-owner-sentenced-prison-role-22-million-medicare-fraud-scheme).

II. *Contro il governo*

[1] *West Wing – Tutti gli uomini del Presidente*, «Una persona speciale», stagione 1, episodio 6, scritto da Aaron Sorkin e diretto da Christopher Misiano, USA, Warner Bros., 1999.

III. *L'America nuova*

[1] Lawrence Wright, *America's Future Is Texas*, in «The New Yorker», 3 luglio 2017 (https://www.newyorker.com/magazine/2017/07/10/americas-future-is-texas).

[2] Gabriel T. Rubin, *Democrats Launch Texas Offensive With Redistricting in Mind*, in «The Wall Street Journal», 11 agosto 2019 (https://www.wsj.com/articles/democrats-launch-texas-offensive-with-redistricting-in-mind-11565528402).

[3] Jamil Smith, *The Revolutionary Power Of Black Panther*, in «Time» (https://time.com/black-panther/).

[4] Andrew R. Chow, *«It Feels Like I'm Chosen to Do This.» Inside the Record-Breaking Rise of Lil Nas X*, in «Time», 15 agosto 2019 (https://time.com/5652803/lil-nas-x/).

[5] *Remarks at the Presentation Ceremony for the Presidential Medal of Free-*

dom, 19 gennaio 1989, *The Public Papers of President Ronald W. Reagan*, Ronald Reagan Presidential Library. https://www.reaganlibrary.gov/research/speeches/011989b (accessed 26 November 2019). Traduzione dell'autore.

[6] Aric Jenkins, *Jeff Sessions: Parents and Children Illegally Crossing the Border Will Be Separated*, in «Time», 7 maggio 2018 (https://time.com/5268572/jeff-sessions-illegal-border-separated/).

VI. *Perché le armi*

[1] Max Fisher e Josh Keller, *What Explains U.S. Mass Shootings? International Comparisons Suggest an Answer*, in «The New York Times», 7 novembre 2017 (https://www.nytimes.com/2017/11/07/world/americas/mass-shootings-us-international.html).

[2] Richard Hofstadter, *America as a Gun Culture*, in «American Heritage», 21, 6, ottobre 1970 (https://www.americanheritage.com/america-gun-culture). Traduzione dell'autore.

VII. *La radicalizzazione*

[1] Peter Osterlund, *A Capitol Chameleon: What Will Newt Gingrich Do Next?*, in «Los Angeles Times», 25 agosto 1991 (https://www.latimes.com/archives/la-xpm-1991-08-25-tm-2004-story.html).

VIII. *Il bivio*

[1] Roy P. Basler (a cura di), *Lincoln's Gettysburg Address in Translation*, Washington, Library of Congress, 1972.

Ringraziamenti

Dopo anni di lavoro attorno alle cose statunitensi, nel 2015 ho iniziato a scrivere una newsletter settimanale che si chiama «Da Costa a Costa», che poi è diventata anche uno dei podcast più ascoltati in Italia. «Da Costa a Costa» funziona in modo piuttosto semplice: io leggo, scrivo, intervisto, viaggio, guido per migliaia di chilometri, indago, chiamo, studio, registro – insomma, faccio il giornalista – con l'aiuto e il contributo indispensabile di due amici preziosi, Carlo e Marco; e poi pubblico tutto, completamente gratis. Se vogliono, quando vogliono, i lettori e gli ascoltatori contribuiscono a coprire le spese facendo una piccola donazione online. Chi dona dei soldi non riceve in cambio niente, neanche un contenuto «premium», come si dice, o un premio simbolico: lo fa solo per il gusto di sostenere un prodotto giornalistico che trova utile e interessante, nonostante possa leggerlo e ascoltarlo anche senza versare un euro. Se i soldi che ricevo non sono abbastanza per coprire le spese, sono problemi miei, ma evidentemente a quel punto il progetto non andrebbe avanti a lungo; se invece i soldi raccolti superano le spese, be', permettono a me e al progetto di guardare più lontano, di darci obiettivi più ambiziosi, di visitare e raccontare un pezzo di America in più. In anni di grandi precarietà dei modelli di business delle attività giornalistiche, di vasta sfiducia verso la categoria e di un'enorme offerta di contenuti gratuiti apparentemente imbattibile, la risposta dei lettori e degli ascoltatori di «Da Costa a Costa» a una proposta così particolare è stata commovente. Le piccole cifre donate negli anni da migliaia di persone diverse sono diventate decine di migliaia di euro, che mi hanno permesso di vedere e raccontare l'America dal Michigan alla California, dal Texas all'Ohio, dall'Iowa alla Pennsylvania, e mi hanno reso un giornalista migliore.

Voi sapete chi siete: grazie.

MISTO
Carta da fonti gestite
in maniera responsabile
FSC® C115118
FSC
www.fsc.org

Mondadori Libri S.p.A.

Questo volume è stato stampato
presso ELCOGRAF S.p.A.
Stabilimento - Cles (TN)

Stampato in Italia - Printed in Italy